memórias do cárcere

GRACILIANO RAMOS

VOLUME 3

ubook

ubk
Publishing House

EDIÇÃO Vinícius Nascimento
REVISÃO Alessandra Brito
PROJETO GRÁFICO E CAPA UBK Publishing House
DIAGRAMAÇÃO Cristiano Marques

Dados Internacionais de Catalogação na Publicação (CIP)
(Câmara Brasileira do Livro, SP, Brasil)

Ramos, Graciliano, 1892-1953

Memórias do cárcere : colônia correcional / Graciliano Ramos. -- Rio de Janeiro : Ubook Editora, 2024. -- (Memórias do cárcere ; v. 3)

ISBN 978-85-9556-969-0

1. Escritores brasileiros - Autobiografia 2. Memórias autobiográficas 3. Ramos, Graciliano, 1892-1953 I. Título. II. Série.

24-229436 | CDD-B869.8

Índices para catálogo sistemático:

1. Memórias autobiográficas : Literatura brasileira B869.8

Eliete Marques da Silva - Bibliotecária - CRB-8/9380

Ubook Editora S.A

Av. das Américas, 500, Bloco 12, Sala 207,

Barra da Tijuca, Rio de Janeiro/RJ.

Cep.: 22.640-100

Tel.: (21) 3570-8150

Sumário

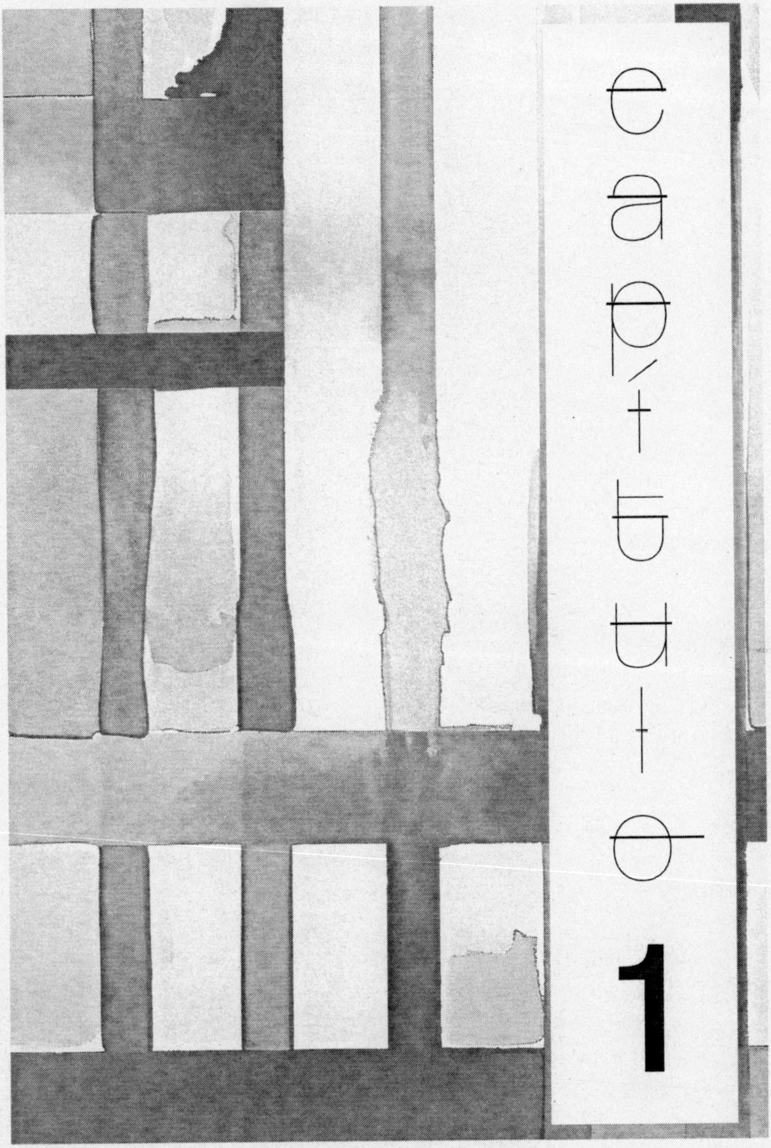

capítulo 1

ENTRAMOS num salão bastante limpo, de pintura nova, ainda com cheiro de tinta fresca, mas desprovido inteiramente de móveis. Era o Pavilhão dos Militares. O chão liso e as paredes nuas valorizavam demais o conforto escasso perdido uma hora antes: o colchão magro, a cama dura, o guarda-vento. Iríamos para a Colônia? Essa pergunta muitas vezes se repetiu; uns aos outros, os homens em redor avivavam receios, queriam suprimi-los, enquanto se ambientavam, de cócoras pelos cantos, sentados nas bagagens. Macedo não tinha dúvida. Iríamos, claro. Dizia isso tranquilo, indiferente à miserável perspectiva, arrumando os troços com pachorra, a concentrar o enpenho no problema de armar a rede. Trouxeram-nos esteiras e lençóis. Bem. Davam-nos agasalhos, a situação era melhor que nas prisões das galerias, molhadas, cheias, a gente mal conseguindo estirar-se no espaço exíguo.

Despi-me, busquei nos muros um prego que me servisse de cabide; em falta disto, dobrei a roupa, coloquei-a em cima do chapéu de palha. Retirei da maleta o pijama, vesti-me, arriei na esteira a carcaça, junto à porta. Macedo abriu o saco de lona e ofereceu-me um travesseiro. Homem arrumado e previdente. Com o saco de lona parecia fazer mágicas: extraía dele os objetos necessários e requintes de luxo — até fronhas. Agora exteriorizava contentamento: achara meio de pendurar a rede entre duas grades. Sentou-se nela e acendeu o cachimbo. Tentei repousar, mas um burburinho confuso e as ideias fragmentárias impediam-me o sono. Impossível conservar-me em posição horizontal. Ergui o espinhaço, encostei-me à parede, entretive-me a examinar os companheiros; contei-os várias vezes, sem atinar com o número certo; mexiam-se demais, entregues à arrumação, e atrapalhavam-me a contagem.

Findos os arranjos, atenuada a lufa-lufa, convenci-me afinal de que éramos dezessete pessoas: cinco nordestinos e doze paranaenses. Fixei a atenção nestes, quase todos rapagões fortes e brancos, já percebidos vagamente no andar térreo do Pavilhão dos Primários, envoltos em largos sobretudos espessos. Tinham prosódia esquisita, e sobrenomes exóticos feriam-me os ouvidos: Petrosky, Prinz, Zoppo, Garrett, Cabezon. A minoria, vulgar e mais ou menos cabocla, usava designações caseiras, expressas na fala arrastada, familiar no porão do *Manaus*, quatro meses atrás: Guerra, Macedo, João Rocha, José Gomes.

Entre os sujeitos ali reunidos, atentei num velho encorpado, vermelho, de óculos, muito sério, visto dias antes na fila, à hora da boia. Conversamos essa noite, e descobri que ele se notabilizava por vários motivos: falava polaco, citava com abundância versículos da Bíblia e era danadamente reacionário. Precisava desabafar e segredou-me confidências: fora preso por engano; sim, senhor, engano, calúnia de inimigos. Via em mim uma pessoa de consideração — e julgava por isso que não iríamos para a Colônia Correcional. Chamava-se apenas Eusébio. Tinha um cargo público (ou não tinha: provavelmente o haviam demitido) e era pequeno proprietário. Em desassossego, evitando convivências prejudiciais, buscava no ambiente insalubre um homem de posses, conservador, esforçava-se por segurar-se a ele e tranquilizar-se. Iriam mandar-nos para a Colônia Correcional? E por quê? Francamente, seria possível que nos mandassem para lá? A viagem me parecia certa – e o velho Eusébio desesperava. Não senhor, grunhia aflito e encatarroado. Não nos fariam semelhante desacato. Arregalava os olhos, querendo enxergar em mim qualquer coisa além das aparências, elevar-me e salvar-se:

– Uma pessoa de consideração.

Desenganei-o. Conhecendo-me a pobreza, desanimou, sentiu-se desamparado. Extinta a fugidia importância, em vão buscava em roda um sustentáculo, o ar de cólica, o sorriso mofino, uma longa tremura a envolver-se no capote. No descampado social nenhuma saliência. E a criatura infeliz continuou a chatear-me remoendo o seu caso, arrepiando-se em cochichos por ver-se misturado a indivíduos suspeitos. Vivera sempre longe de confusões, gemia fanhoso, terminando os períodos numa interjeição demorada e asmática:

– An!

Explicava-se, defendia-se, pegando-se à religião, utilizando pedaços do Velho Testamento, como se isto lhe proporcionasse vantagem. Apesar da minha franqueza, teimava em não julgar-me inteiramente pobre. E afastou-se rosnando com segurança fraca:

– Uma pessoa de consideração. Acha que mandam? É impossível. An!

Essa despedida não me trouxe o isolamento necessário ao arranjo das ideias e ao sossego. As idas e vindas no cubículo, à toa, a ouvir palavras sem nexo, a procura de objetos miúdos na arrumação da bagagem, a dificuldade em amarrar a gravata e calçar-me, enfim a mudança de gaiola tinham-me fatigado em excesso. Que distância havíamos percorrido? Cem metros, duzentos, no máximo uns trezentos. Isso me parecia uma caminhada extensa, e o meio novo, as fisionomias indistintas, vozes a confundir-se exigiam-me grande esforço para simular calma, apreender a significação de uma pergunta e dar a resposta conveniente. A covardia obtusa do velho Eusébio causava-me desgosto profundo. Largos dias, talvez meses, as lamúrias bambas iriam importunar-me, endurecer-me o coração. Nenhuma simpatia, absoluta ausência de piedade. Receava impacientar-me, suprimir com raiva as lamentações pegajosas que nos sujavam, lavar-me delas. Queria dormir, mas sempre estavam a reclamar-me a atenção. A imobilidade e o silêncio adquiriam de repente enorme valor. Dificuldade de pensar, e obrigavam-me a isto.

Um paranaense loquaz avizinhou-se, entabulando camaradagem fácil, esteve meia hora a narrar-me as divergências existentes no seu grupo, intelectuais de um lado, operários de outro, abominando-se ou desprezando-se. A curiosa revelação desanuviou-me um instante e despertou ligeira curiosidade. Intelectuais? Que diabo significava isso? Inteirei-me a custo. Designavam-se desse jeito os indivíduos alheios a qualquer ofício manual: Herculano, estudante de músculos débeis e rosto enxofrado, o velho Eusébio, alguns pequenos funcionários de uma estrada de ferro. Mais essa. Iam forçar-me a conviver, tempo indeterminado, com pessoas que se justapunham, sem chegar a entender-se. Não me eximiria de muitos erros: certamente esqueceria as diferenças e a minha linguagem feriria susceptibilidades.

A fadiga me entorpecia a carne, mas o fervedouro de pensamentos desconexos não me deixaria repousar. Livre do informante, alonguei-me na esteira, fechei os olhos, envolvi me no lençol curto demais. Os pés ficaram descobertos, o ar frio da noite picava-me as orelhas. Encolhi-me, tentei defender-me das ferroadas penetrantes, vencer os arrepios. A umidade atravessava o tecido fino, e não havia meio de aquietar-me. Escolhera, por desgraça, o pior lugar, junto à grade; um ventinho insinuante e velhaco trazia-me a garoa de julho. Se o esgotamento não me prendesse, iria alojar-me noutra parte. Nem me lembrei disso, provavelmente, e na sala não havia canto disponível.

Descerrando as pálpebras pesadas, inteirava-me de minúcias que não se articulavam; o conjunto era uma aglomeração de tipos reconhecíveis um instante e logo a esfumar-se em neblina; envoltórios de redes e capotes davam-lhes a feição vaga de fardos instáveis. A fraqueza visual impedia-me identificar as pessoas mais distantes. Necessário usar óculos quando me soltassem: à luz escassa dos cubículos, durante alguns meses as letras haviam dançado no papel. Falas vagarosas me arrastavam de chofre ao porão do *Manaus*, e três figuras ressurgiam: João Rocha, o pequeno dentista Guerra, José Gomes. De que modo iria comportar-se o pobre Guerra, dias antes acometido por um acesso de terror, a urinar-se e a tremer, querendo a presença de mamãe? Garrett e Petrosky, encostados ao muro, estavam silenciosos e carrancudos. Tinham esses nomes, sem dúvida, mas não consegui saber qual dos dois era Garrett, qual era Petrosky. Incomodavam-me as frases soltas, para mim, vazias como tagarelar de papagaios. Descobri aos poucos sentido nelas: os operários arredavam preocupações contando anedotas escabrosas. José Gomes ria-se demais das próprias histórias, repisando minúcias, como se desconfiasse da inteligência dos outros. Não alcançando o resultado previsto, de nenhum modo se alterava: divertia-se imenso com as narrativas insípidas. A gente do Sul procedia de igual maneira, pouco lhe importando o juízo do auditório. A ausência de espírito, a monotonia, a pobreza de concepção, a linguagem perra, tudo indicava falta de exercício mental, insinuava-me cautela, a precisão de acomodar-me ao conceito simples e direto: um paradoxo ali originaria incompatibilidades inevitáveis. Desagradável naquele meio o diálogo curto que tive com um trabalhador. O homem falava-me nas vantagens da autocrítica. E eu, sem refletir:

— Exato. Devo conhecer os meus defeitos, para conservá-los todos com muito cuidado.

Surpresa viva, interjeições — e este desgraçado remate incompreensível ao interlocutor honesto:

— Claro. Se os meus defeitos se sumirem, deixarei de ser eu, mudar-me-ei noutro. Quero guardá-los, não perder um.

Opiniões desse gênero alarmariam as criaturas singelas ocupadas em remoer facécias estultas.

Súbito, uma pilhéria cheia de sal arrancou-me uma gargalhada, abriu-me os olhos, virou-me na esteira, ergueu-me sobre o cotovelo. Fora Cabezon que me provocara esses movimentos, o indivíduo a quem davam tal nome, com certeza um dos intelectuais mencionados pouco antes, amanuense oficial administrativo, ou funcionário pequeno de uma estrada de ferro. A situação dele era mais ou menos igual à minha. Revelava-se num trocadilho obsceno, mas isto não causou grande efeito na assistência. Os casos insulsos continuaram. O velho Eusébio tentava levar a conversa para assuntos graves. E Macedo, balançando-se na rede, cachimbava e sorria.

capítulo 2

NO DIA seguinte pela manhã, Herculano trepou-se a uma janela e, agarrado aos varões, ficou lá de poleiro como papagaio, buscando entender-se com as outras celas. Gritos nos deram a notícia de que uma turma viera dias antes da Colônia e estava ali perto. Desejei saber os nomes dos recém-chegados; como a voz fraca me impedia comunicação, o estudante amarelo encarregou-se de transmitir a pergunta. Berraram-nos uma lista, abafada e incompleta; algumas pessoas reduziam-se a sílabas escassas, não havia meio de reconhecê-las; quatro ou cinco surgiam claramente, quase todas enviadas na primeira leva, naquela noite em que Desidério levantava o braço com raiva, entortando mais o bugalho vesgo, e Tamanduá se empavonava, metido no poncho vermelho.

Trouxeram-nos o café, muito ralo, e um pão sem manteiga. Aí notaríamos uma advertência, se ela fosse precisa. O pão era exatamente igual ao fornecido no Pavilhão dos Primários, mas tiravam-nos o pouco de manteiga rançosa, obrigatória lá. Com certeza não procediam assim por economia: a supressão visava a um fim, aliava-se às esteiras, ao ajuntamento em local exíguo, aos lençóis curtos e finos em tempo frio, a indicar-nos uma degradação. Iam impor-nos outras mudanças, apagar de chofre os restos de conforto ainda conservados na véspera e forçar-nos a contrair novos hábitos. Esses choques nos perturbam em demasia, e o pior é não sabermos até onde nos levarão: a instabilidade nos impede entrever qualquer limite.

Mandei comprar pelo faxina um litro de leite. Dias compridos o meu alimento seria esse litro de leite, o pão e alguns canecos da lavagem turva, de gosto adocicado, que eu insistia em beber, esquecendo o aviso misterioso de um preso velho e experiente. Em geral nos davamessa refeição com a porta fechada: o bico do bule se encostava a uma travessa, estirávamos os canecos e recebíamos os pães através dos ferros. Nos cubículos era assim que faziam. Mas naquela manhã destrancaram inopinadamente a grade, os faxinas entraram com o saco de pães e o vaso enorme de folha, e o guarda nos permitiu andar no pátio.

Engoli o café, abalamos todos em busca do Pavilhão onde se aboletavam refugos da Colônia. Encontrei um bando a comprimir-se numa abertura estreita, e nos espaços que havia entre os corpos surgiam rostos magros e desbotados. Outras fileiras deviam empurrar-se, invisíveis, pois do fundo, escuro, fumacento e fuliginoso, partiam vozes percebidas em qualquer parte. Os homens da frente, quase nus, cabeças lisas, tinham muita sujeira, muita amarelidão, órbitas cavadas, bochechas murchas. Deixavam provavelmente a enfermaria. A primeira vista não reconheci nenhum. Quando principiaram a falar, depressa, em desordem, como se o tempo não desse para todos, fui notando aqui e ali sinais guardados inconscientemente. Sorriam, descobrindo as gengivas pálidas.

O esqueleto que o moço da rouparia tinha no punho voltou-me ao espírito. Os ácidos não haviam desfeito a medonha tatuagem. Por cima da cicatriz que repuxava a pele e se estendia num desenho róseo, sobressaíam costelas, vértebras, o riso da caveira. As figuras estranhas apinhadas ali riam. Riam para mim, como se eu fosse uma carcaça também. Quantos meses fazia que tinham vivido comigo no Pavilhão dos Primários? Dois meses. Era, dois meses, pouco mais ou menos. E estavam assim. Talvez ignorassem que estavam assim.

Estremeci. Não me acharia daquele jeito? Olhei o pijama curto e rasgado. Ultimamente dormia pouco, alimentava-me com dificuldade. Extingui a comparação desagradável. Farrapos. Regressavam da Colônia, farrapos. Iriam reconstituir-se, renascer, mas ali eram farrapos. Examinei-os. Bem. Aquele devia ser o Newton Freitas, o camarada alegre e ruidoso que no Pavilhão soltava risadas enormes, com ou sem propósito. Era ele, pensei descobrindo nos ossos do rosto lívido sinais do antigo Newton. Sem dúvida, lá vinha a gargalhada, uma fria gargalhada sem ânimo. E o sujeito baixo, de cuecas, barbudo em excesso, a mexer as mandíbulas com jeito de caititu? Seria o Pessoa? Com os diabos! Anastácio Pessoa, tipo neutro, alheio à questão social, posto em liberdade, supúnhamos. Inofensivo e discreto.

– Você também, Pessoa?

Recordei-me dele, vi-o na fila, manejando um romance inglês, à espera da comida, num apuro escandaloso. Não se decidia a vestir pijama, nivelar-se aos outros, pois ia demorar pouco entre nós. Um equívoco, tinham-no agarrado por engano. Com certeza iam chamá-lo, explicar-se, mandá-lo embora, com desculpas. E nesta convicção isolava-se, de meias, sapatos lustrosos, calça de casimira, suspensório, camisa de seda e gravata. Havia de ficar ali sem saber por que? Saíra – e por isto recebera abraços e parabéns.

Agora voltava da Colônia Correcional sujo, magro, hirsuto, de cueca e tamancos. No risinho insignificante e nos modos encolhidos logo distingui Bagé. O nome dele me surgira pela primeira vez na galeria. Distraía-me a olhar as paredes e o teto, um dos poucos meios de encher o tempo ali. As paredes estavam cobertas de inscrições e desenhos; no teto oscilavam penduricalhos feitos com essas lâminas finas de metal usadas em carteiras de cigarros. No meio dos letreiros, alto, onde não chegava braço de homem, uma lista de presos, em tinta azul. Embaixo, uma data e o motivo da prisão. Alguns indivíduos expostos no rol tinham-me aparecido mais tarde. Numerosas voltas e viravoltas arbitrárias – e diante de nós se achavam dois: Bagé e Medina. Também reconheci Agrícola Baptista, o Tamanduá, que, em briga da Coluna Prestes, recebera uma bala na perna e claudicava. Um guarda veio abrir a porta, reunimo-nos à sombra de uma árvore no pátio. E as notícias choveram, em pedaços, de cambulhada.

– Bichos! – exclamou Tamanduá. – Vivemos como bichos.

Um Tamanduá diferente, sórdido e escuro, sem a cabeleira arrepiada. E o poncho, que fim levara o poncho vermelho, afrontoso e ostensivo como bandeira de guerra?

– Num curral de arame farpado, como bichos – prosseguiu Tamanduá.

Disse mais coisas a respeito de latrinas, banheiros, disenteria e falta de papel, mas o rebanho de criaturas humanas em curral de arame farpado buliu comigo e afastou o resto da exposição. As minúcias embaralhavam-se, perdiam-se.

– Para onde vão mandar vocês? – perguntou Medina.

Para a Colônia, evidentemente; isto me parecia claro. Medina espalhou a vista em redor, analisou-me a cara, refletiu e moveu a cabeça discordando: não nos meteriam na Colônia. Aborreci-me. Quereria tapear-nos com emolientes? De nenhum modo; interpretei mal as disposições do moço: não nos enviariam à ilha Grande, infelizmente. Procurou exibir-me a vantagem de permanecer lá umas semanas.

– Não digo meses, que você não aguentaria. Algumas semanas apenas.

Muito instrutivo.

– Era um rapaz frio, risonho, desdentado. No Pavilhão dos Primários tinha uma cabeleira vasta e barba longa, mas isto desaparecera. A boca murcha dava-lhe um ar insignificante e avelhantado.

– Boa experiência, creia; material abundante. Seria magnífico você estudar aquilo.

Em seguida à estridência e aos arrepios de Tamanduá, não me entusiasmei com as palavras de Medina; achei-as realmente absurdas: se resolvessem matar-me, a abundância de material seria inútil. Newton Freitas anunciou o propósito de narrar em livro a viagem no porão do Campos. Excelente ideia. Eu é que não tinha desejo nenhum de escrever. O guarda surgiu com o molho de chaves. Fizemos as despedidas e novamente nos trancaram.

capítulo 3

AGORA na prisão havia mais espaço: deixaram aberta uma grade, e nosso mundo se estendeu alguns metros, pudemos andar na sala vizinha. Estive ali parte do dia, a contar os passos de uma a outra parede, a imaginação presa no curral de arame, as palavras insensatas de Medina fervilhando-me na cabeça. Esforçava-me por varrer essas coisas aflitivas, um minuto conseguia amortecê-las, embalar-me numa vaga impressão de esquecimento; logo se reavivavam, eliminando recordações, a insinuar-se nos fatos da vida nova. Caso singular: a desgraçada perspectiva me dava prazer. Não era talvez isso, pois, ao mesmo tempo, sentia o coração desmaiar numa espécie de angústia, e alarmava-me servir de campo ao medonho jogo de emoções incompatíveis. As notícias me arrefeciam, animavam terrores latentes, e em vão queria livrar-me de uma horrível curiosidade malsã. Na verdade, Medina tinha razão. Pus-me a afirmar isto sabendo que afirmava uma estupidez: as minhas observações no lugar infame não valeriam nada. Mas a sujeira imensa, a disenteria, a falta de água, um milheiro de homens a apertar-se num curral de arame não me deixavam sossegar. Aquilo merecia ser visto, pelo menos serviria para indicar a nossa resistência, de algum modo fortalecer-nos. Havia nesse desejo mórbido quase um desafio aos maus-tratos, às humilhações, e se de repente nos largassem na rua, nem sei se me consideraria em liberdade ou vítima de um logro.

O velho Eusébio veio trazer-me a sua camaradagem mofina, entrou a passear comigo, a voz bamba a sumir-se na pergunta ansiosa mastigada na véspera. Estivera no pátio, debaixo da árvore, os olhos e os ouvidos atentos, e os molambos de esperança guardados preciosamente iam-se esgarçando.

– Nos vão mandar para a Colônia? Será possível?

Novamente a confusão pronominal, observada no Pavilhão, me chocou; não havia de acostumar-me ao diabo da sintaxe encrencada. Isso jugava-se aos receios e à moleza da criatura, aos gestos ambíguos, às citações do Velho Testamento, e uma forte repulsa me enchia o coração. Impacientei-me, acho que fui grosseiro; nenhuma piedade me levava a minorar os sustos do menino grisalho. Respondi com monossílabos ásperos, continuando a absorver-me nas impressões de Tamanduá, na extravagância de Medina. Restar-me-iam forças para aguentar-me na piolheira infame? Essa pergunta já me viera ao pensamento ao aniquilar-me no porão do *Manaus*, respirando a custo, andando sobre porcarias, meio desfeito em suor no calor de fornalha. Na primeira noite, julgara-me perto de enlouquecer; depois me habituara: uma semana a ver as algas pela vigia, trepado numa costela do cavername; a fumar na rede presa à boca da escotilha; a redigir notas a lápis no camarote do padeiro. A gente se acostuma depressa às mais inesperadas situações. O que me alarmava era ter vivido muitos dias em jejum. Provavelmente ia agora suceder o mesmo; enjoo à comida, a língua seca, os beiços a rachar; o estômago já se entorpecia, como a bordo. Certamente me acabaria de inanição.

– Sim. É. Claro. O senhor tem dúvida?

Essas concisões faziam brechas na arrepiada lengalenga do paranaense, queriam destruí-la, mas o esguicho de lamúrias não cessava; atingia-me, dissolvendo-me a estranha demência. Idiota. Nenhum sujeito normal deseja rebaixar-se e arriscar-se a morrer de fome. Que me importavam as figuras tristes consumidas no curral de arame? Preferível não conhecê-las. Para quê? Ladrões, vagabundos, malandros. Tinha-me arrastado mais de quarenta anos longe deles, sem cogitar da existência deles, e surgia-me de chofre a necessidade besta de uma aproximação inútil. Idiota. Injuriava-me por dentro, mas a zanga exterior convergia para o velho Eusébio, revelada nas sílabas cortantes:

– Isso. Pois não. Claro, claro. Todos. Não está vendo?

Receava exceder-me, engolia impropérios. Afastei-me, a arrasada personagem me seguiu ronronando o seu caso, inocentando-se. Desculpava-se usando o plural, envolvendo-me na justificação. Havia qualquer suspeita contra nós? Não havia. Tínhamos entrado em desordem? Não tínhamos. Éramos inimigos de barulhos. E então? Por que estávamos ali? Hem? E por que essa história de Colônia Correcional? Os lamentos enfureciam-me, atazanava-me por evitá-los; a maneira hostil e as passadas largas frustravam-se: em qualquer parte achava-se ao pé de mim a sombra queixosa. Essa convivência de naturezas inconciliáveis, prolongando-se, chega a ser tortura, e explica brutalidades, rompantes de que não nos julgamos capazes e nos envergonham.

Afinal, depois de muitos zigue-zagues nas duas salas, refugiei-me num vão de porta, busquei distrair-me olhando o pátio, jogando miolo de pão às aves residentes na árvore próxima. Eram pardais sem conta e devoravam tudo com rapidez enorme. Algum tempo isolei-me; o rumor das asas, os chilros e o verde-claro dos ramos na manhã luminosa acalmaram-me.

Vencidas as ideias malucas, resolvi descansar na esteira, decifrar a conversa dos operários, mas não consigo lembrar-me do que eles diziam. Os pardais tinham-me dado uma tranquilidade aparente. Levantava-me, deitava-me, bebia goles de leite e canecas do pretume doce e repugnante que o faxina vendia à grade. O futuro já não me inquietava; esvaíam-se as tremuras do velho Eusébio, o desconchavo de Medina, e a viagem para a Colônia deixava-me indiferente; impacientava-me, porém, ficar sentado, imóvel, na incerteza. Difícil desenovelar tais incongruências. Experimentamos isto, suponho: os acontecimentos de amanhã não nos interessam, são como se se referissem a outra pessoa; hoje não encontramos paz, as horas longas enchem-se de fatos desagradáveis, necessitamos fingir paciência e isto cada vez mais nos enerva.

Herculano, em rápida arenga, despertou-me a atenção. Arrolou as nossas dificuldades, exprimiu a conveniência de mutuarmos auxílio e acabou sugerindo que esvaziássemos os bolsos, contássemos o dinheiro e o dividíssemos equitativamente. A inesperada proposta não causou entusiasmo. O velho Eusébio franziu o nariz e arredou-se; os homens da estrada de ferro e os operários fizeram-se desentendidos; os nordestinos encolheram-se reprovando. Ante a negativa fria e silenciosa, chamei de parte o estudante:

— Ó Herculano, se não é indiscrição, quanto é que você possui?

— Eu? Nada — cochichou o rapaz. — Tinha vinte mil-réis, que perdi no jogo. Diabo! Um truque infantil.

E eu havia ganho a pobre cédula do companheiro, deixando-o mais fraco e mais pálido.

— Por que não me disse, homem? Dei-lhe esse prejuízo, sem querer.

Abri o porta-níqueis, retirei uma das poucas notas lá escondidas:

– É uma restituição. Talvez seja a mesma que recebi naquela noite.

Aliviada a consciência, pus em ordem os meus troços, coloquei-os junto à esteira, ao alcance do braço, o chapéu em cima da valise, a roupa dobrada em cima do chapéu. As notas redigidas em vários meses davam-me receio. Apesar dos longos intervalos de marasmo e preguiça, alargavam-se em quarenta ou cinquenta páginas cobertas de letra miúda, as linhas tão próximas que as emendas se tornavam impossíveis. Ocultavam-se entre cuecas e lenços, mas com certeza não conseguiriam entrar na Colônia. Não cabiam dentro dos sapatos; imaginei guardá-las por baixo da camisa, enfaixar as pernas com elas; necessitava barbante para amarrá-las. Escapariam à revista?

Os diálogos em roda iam-me descobrindo alguns indivíduos. Petrosky era o sujeito louro, grande, forte, de rosto severo. O moço de cabeça redonda e fala doce e engrolada chamava-se Zoppo. Como se arranjaria na viagem desgraçada o pequeno dentista Guerra? Um dia caíra da cama, esperneara gritando por mamãe. Coitado. Iam arrasá-lo. Agora havia sossego no pátio; o calor e a claridade recolhiam entre as folhas os pássaros mudos.

Um guarda de olhar manhoso destrancou a porta e os faxinas entraram com o almoço. Fugi, um aperto na garganta, examinei o exterior deserto, para não ver a comida, não podia evitar o cheiro dela, e a náusea me atormentava. Sensação igual à experimentada meses atrás, no porão do *Manaus*. A língua seca, os beiços iam rachar-se, a ponta do cigarro se colaria à pele sangrenta. Agachados nas esteiras, diversos homens sentiam prazer em mastigar, e o apetite deles me causava uma estranha indignação. O som das colheres nas marmitas feria-me os ouvidos, era insuportável.

capítulo 4

PASSOU-SE o dia, outros dias se passaram, quatro ou cinco, talvez mais. Uma notícia entrou a circular: embarcaríamos para o Sul. Os paranaenses, em maioria, admitiram logo o boato, sem procurar saber quem o trouxera. Ninguém, provavelmente; originara-se ali, mas o curso, a repetição, complementos anônimos, davam-lhe prestígio, mudavam-no quase em certeza, e Petrosky, Zoppo, Cabezon, Garrett esperavam ler num jornal impossível a passagem de um navio para o sul. Guerra, José Gomes e Rocha tinham a certeza de que viajaríamos para o norte. Esforçava-me por fechar os ouvidos e isolar-me, e não conseguia deixar de contaminar-me, ver nos desejos ambientes realidades possíveis, aceitar a informação chegada a nós sem veículo, atravessando muros. Essa credulidade me desgostava; busquei afastá-la pensando em Sebastião Félix, mudo e sombrio, ausente do mundo, em contato com os espíritos num cubículo do Pavilhão dos Primários. Deixava-me levar, contra vontade; as fisionomias mostravam convicção, e por minutos incorporava-

-me a um dos grupos. Em seguida reagia, certamente por não querer deslocar-me para cima ou para baixo. Não me tentava o regresso a minha terra. E que diabo iria fazer no Paraná?

Livre do contágio, Macedo sorria e cachimbava na rede, falava sobre a permanência na Colônia, sereno, como se isto figurasse nos seus planos. Continuava a servir-me do travesseiro dele, macio, de penas, mas tão miúdo que, para erguer a cabeça, tive de colocá-lo em cima da valise. A calça e o paletó, dobrados, formando um volume pequeno, ficaram sobre o chapéu de palha, junto à parede. Não me incomodava a aspereza da esteira, mas, na friagem da noite, enrolando-me no lençol curto, adormecia, acordava, as orelhas e as mãos geladas. Arrepios, desânimo na carne. A apatia sexual, notada meses atrás, depois esquecida, novamente me causava surpresa. Tentei vencê-la enchendo as horas de insônia com cenas lúbricas; isto se convertia depressa num exercício mental penoso, e era como se me faltassem partes do corpo. A lembrança das mulheres não me dava nenhum prazer. Por que me havia aparecido aquilo de repente? Chegara-me a impotência completa. Bem; se fosse definitiva, não valia a pena mortificar-me; iria talvez eximir-me de excessivos tormentos, da horrível necessidade insatisfeita, que me perturbava o trabalho. Iria comportar-me direito, como um frade, relacionar ideias fugitivas, obrigá-las à disciplina; as histórias se arrumariam no papel sem as frequentes suspensões inevitáveis. Para ser franco, esse entorpecimento me agradou; se não fosse ele, a reclusão demorada se tornaria dolorosa em extremo. E continuei a beber café, muitas canecas de café, não percebendo nisto sombra de inconveniente.

Das funções orgânicas, permitiam-nos apenas assimilar, desassimilar. Abundante e ruim, a comida nos chegava em marmitas de folha amolgada, a empanturrar um caixão que varais ladeavam. Agarrando esses apêndices, os faxinas do transporte pareciam animais atrelados a uma liteira. Grandes nacos de carne, farinha de mandioca e arroz, de mistura nas gamelas sujas, causavam repugnância. Com o material existente ali um cozinheiro teria podido, sem esforço, arranjar pratos regulares. Desperdício e desleixo. Convidavam-me em redor, insistiam, afirmando que a boia não tinha mau gosto, mas a minha fraqueza arrepiada contentava-se com o pão seco oferecido pelo governo e um litro de leite comprado por mim. Ao cabo da refeição gorda, os homens se estiravam nas redes, nos capotes, ressonavam pesada sesta. A um canto, à esquerda, não longe da porta, duas paredes baixas angulavam, formando um compartimento exíguo, que escondia a latrina e uma torneira. A carência de pia tornava as mais simples necessidades de higiene muito difíceis.

Uma tarde, ao cair da noite, subitamente nos achamos em situação embaraçosa; diante do imprevisto, embuchamos, a surpresa nos cortou a fala e escureceu o espírito. Como de ordinário, os meus novos amigos haviam devorado o almoço, lavado as mãos no esguicho mesquinho, repousado; findos os cochilos, entregaram-se aos exames das probabilidades, ao corte das unhas, à arrumação e desarrumação das bagagens. Quando o jantar veio, ainda estavam fartos. Alguns olhavam a comida com indiferença e afastavam-se bocejando; outros pegaram as marmitas e depressa as largaram. Inapetência contagiosa, recusa geral. Os faxinas jungiram-se aos varais, o caixão desapareceu, a chave tilintou na fechadura.

Passou-se meia hora, e o guarda velho de cara manhosa surgiu com uma indagação desconcertante. Por que havíamos devolvido o rancho? O diretor queria saber se estávamos sem fome ou se se tratava de insurreição. Longos minutos ficamos desorientados. Espantava-me ver um caso tão insignificante engrossar, exigir sindicância. Ninguém tencionara rebelar-se, era evidente, mas todos se fechavam, com receio de confessar isto, de qualquer forma revelar covardia. Chateavam-se, resmungavam. Para o diabo. Não se explicariam, não dariam a impressão de recuar; dispunham-se a assumir responsabilidade por uma falta inexistente. Isso manifestava-se em pedaços de frases, em gestos desabridos; e havia também um mudo assombro, dificuldade em compreender a exigência impertinente. O guarda insistia na pergunta, mas falava a dezessete indivíduos; e nenhum se julgava na obrigação de responder. Ouvido em particular, cada homem diria sem esforço a verdade: ausência de apetite, apenas. No conjunto a confissão esmorecia, quase se desagregava, era difícil alguém arriscar-se à iniciativa de expor intuitos alheios. Aguentaríamos as consequências, iam mandar-nos para as galerias, provavelmente. Em situação normal temíamos isso; agora se atenuava o perigo, dividido por muitas pessoas. Com certeza ainda pensávamos nele; mais grave, porém, seria uma afirmação irrefletida, em desacordo talvez com os sentimentos do grupo. Com as melhores intenções, engendramos ali dentro incompatibilidades insolúveis, em vão tentamos explicar-nos, e isto é pior que todos os vexames causados pela polícia. E temeroso arvorar-se um homem, sem mandato, em representante de uma sociedade fluida, a vacilar entre opiniões e interesses opostos, ora pelos pés, ora pela cabeça. Um momento julgamos interpretá-la, decidimos por conta própria enfeixar as aspirações coletivas, e sucede esvaírem-se os desencontros, uma súbita unanimidade surgir contra nós; imaginamos ser úteis — e somos imprudentes.

Não refleti nisso. Indispensável uma consulta rápida, supus. O guarda, amolado, esperava a resposta, uma sílaba apenas. Sim ou não? Houvera bagunça, intuito subversivo? Se a questão se formulasse de outro modo, permitisse delonga, recursos, os meus companheiros não se engasgariam, a sílaba atravessada na garganta, como um osso. Mas o diretor exigia uma dificuldade: sim ou não? Achamos resistência, o guarda se dispunha a retirar-se.

— Um instante.

Veio-me a tentação de lançar-me ao jogo, exatamente como quando, no bacará, arrojava todas as fichas numa cartada:

— Vamos resolver isto. Vocês estavam no propósito de esculhambar a administração? Se estavam, por que havemos de calar-nos? É arriar a trouxa e esperar. Se não estavam, parece bobagem mostrarmos uma valentia que não tivemos.

Penso haver falado pouco mais ou menos assim. Em redor me afirmaram disposições pacíficas. Bem. E dirigi-me ao funcionário de rosto manhoso:

— Diga ao diretor que não tencionamos fazer revolução aqui dentro. O jantar voltou porque era demais. É impossível, deitados, sem exercício, digerirmos tanta carne, tanta farinha, não temos estômagos de jiboia. Ignoro se a comida é ruim, nunca toquei nela, a minha parte sempre foi devolvida intacta. Não é protesto, é que não posso engolir isso.

A intervenção produziu bom efeito. Arrancando exíguas palavras, limitara-me ao essencial: os companheiros conservavam-se dignos, um diretor invisível recebia explicação razoável. Depois refleti na inquirição. Iam tratar-nos com dureza, submeter-nos a uma justiça diversa da usada no Pavilhão dos Primários. Lá rebentáramos a louça toda, e ninguém se lembrara de indagar motivos; em consequência tínhamos recebido talheres e pratos novos. Agora tencionavam descobrir malevolência em ninharias. Pesos e medidas diferentes. Queriam talvez desforrar-se, obrigar-nos a ajustar contas com dois meses de atraso. Na verdade, os paranaenses estavam alheios à bagunça. Mas isso não tinha importância. Rigor para todos.

capítulo 5

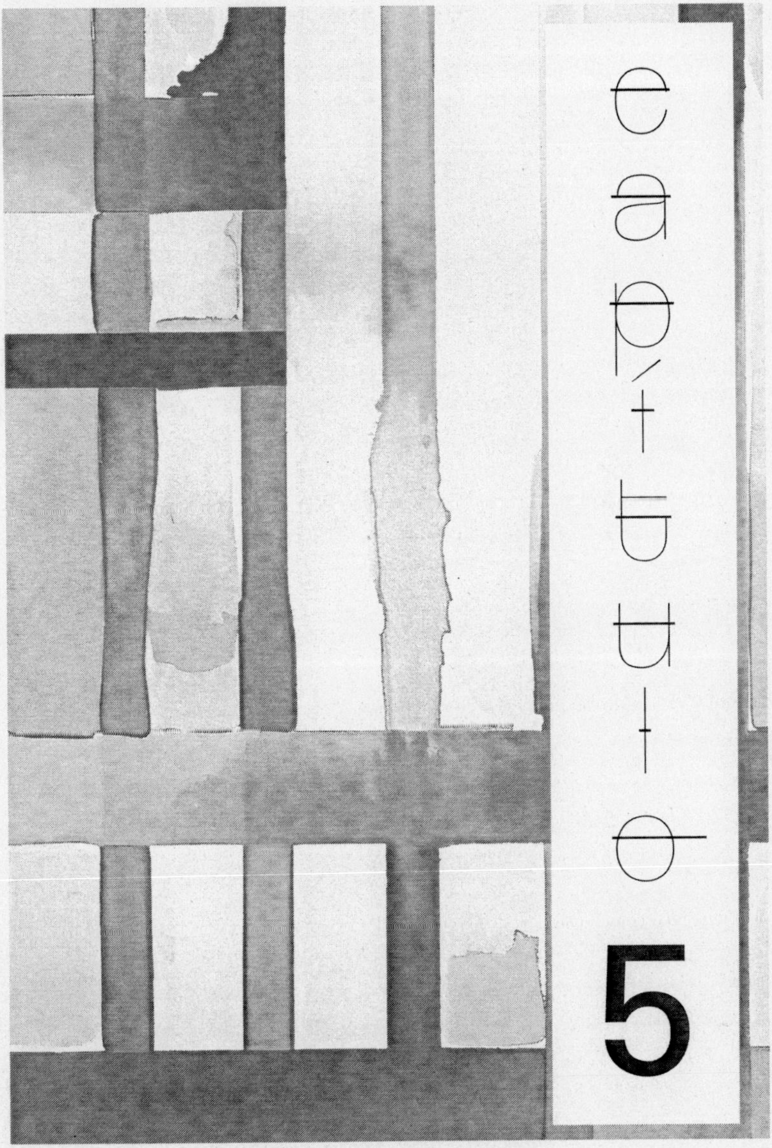

UMA novidade nos chegou, retalhos de novidade; não houve meio de cosê-los. Ouvimos um barulho grande, vozeria para os lados do Pavilhão dos Primários, e o faxina preto nos cochichou que a polícia especial tinha aparecido lá e quebrado muita cabeça. Por quê? O informante erguia os ombros; tinham-lhe dito apenas aquilo: várias cabeças partidas. Como o rumor distante se prolongasse, apertei o guarda com perguntas vãs: o patife baixava o rosto, mordia os beiços, com ar de inocência muito safado. Não sabia. Por detrás dele, o negro arredondava o bagulho cor de leite, fazia caretas, negando a ingenuidade sorna. O grupo era burlesco e irritante. Embora não houvesse dúvida sobre as escapatórias do homem, os gestos simiescos e a zombaria silenciosa às costas dele estorvavam-nos a possibilidade vaga de por um instante enganar-nos.

Desordem no Pavilhão, gritos e pancadaria; certamente Agildo se comprometera elevando no fuzuê a voz fina e o gesto macio de gato. Não me podiam dar uma notícia, dizer ao menos se houvera transferência? Nesse caso, os estrangeiros iriam roer o osso mais duro: Ghioldi, Sérgio e Snaider gramariam tormentos físicos e morais; a coleção de selos de Birinyi desapareceria, e o pobre homem, desesperado, tentaria de novo abrir as artérias. Onde estavam Ghioldi, Sérgio, Benjamin Snaider e Valdemar Birinyi?

O guarda sacudia a cabeça, bonachão, na maior ignorância deste mundo; não trabalhava por aquelas bandas e, no meio de tantos presos, nunca ouvira os nomes das quatro pessoas que me interessavam. Esses miseráveis segredos nos arrasam, nos deixam em pandarecos. Vemos um sujeito sem as unhas dos pés, sabemos que elas foram arrancadas a torquês, e a nossa curiosidade não vai além; os sofrimentos findaram, as unhas renascerão, a memória da vítima se embotou; horrível é imaginarmos a redução de uma criatura com tenazes quando pensamos nela, exatamente quando pensamos nela. A limitação profissional de um guarda e a bisbilhotice vaga de um faxina levam-nos a criar medonhas realidades; as imagens surgem com vida intensa e em vão tentamos afastá-las: vemos perfeitamente dorsos lanhados, carne sangrenta, equimoses vermelhas, azuis, pretas. Essas coisas, percebidas de relance numa porta de cubículo, avultam em demasia quando se ausentam, e é horrível a expressão de um rosto meio esquecido, num instante recomposto. Palavras obliteradas se renovam, terrivelmente claras. Um berro nos chega aos ouvidos:

– Polícia.

E uma voz trêmula desmaia:

– Não aguento mais. Vão matar-me.

Foram esses, creio, os piores momentos que vivi no Pavilhão dos Militares, agachado na esteira ou refugiando-me perto da grade, olhando o voo dos pardais. Realmente nunca me supus arriscado aos lanhos, a sapecar-me no fogo do maçarico; achava-me livre disso, estupidamente livre, até rebentando a louça do governo, por insinuação de Agildo. No íntimo devia julgar-me uma espécie de Anastácio Pessoa, pequenino e invulnerável.

A desgraça era indeterminada, uma desgraça fluida e abstrata, influenza sentimental. Essa impossibilidade de isolamento, a obrigação de sentir a miséria alheia, é imposta lá dentro. Inútil espalmar as mãos nas orelhas: o chilro das aves próximas não abafa o alarido contínuo. Além dos gorjeios, destacavam-se, nos dois ou três dias de celeuma, as conversas de Zoppo e as cantigas de Herculano. Zoppo era excelente camarada, ingênuo, simples, uma criança. Falou-me de parentes revolucionários perseguidos pelo fascismo e tentou ensinar-me a extração do ouro nas minas. Ótimo tipo. A cara redonda iluminava-se, a voz doce, lenta, engrolada, narrava projetos de mineração e os tios que Mussolini prendeu e matou.

Os cantos me enjoavam. Ao chegar ao Pavilhão dos Primários, ainda sentia o gosto do café torpe bebido na galeria, tinha debaixo dos pés a oscilação das pranchas do *Manaus*, e o *Hino do Brasileiro Pobre* me endireitara o espinhaço derreado. Essa composição, que os jornais da polícia confundiam de propósito com a *Internacional*, dera-me alguma confiança em meu país chinfrim. Ou talvez a confiança fosse em mim mesmo. De fato precisava dela: uma semana de jejum, os beiços a sangrar, o interior em cacos, a hemorragia súbita. O *Hino do Brasileiro Pobre* me servira bastante. A correção de alguns versos maus fizera dele coisa menos ordinária que a arranjada para imbecilizar a infância nas escolas. As repetições me haviam fatigado e logo exasperado. Amolava-me sobretudo este pedaço, anterior à emenda: "*Brasil, que lembra o fogo e lembra a árvore.*" Altas vozes em prisão vizinha: um infeliz a pedir água. Os berros e o hiato roubavam-me o sono. Todos os dias, à mesma hora, ecoava a insipidez morna das canções, alternando-se a marchas de carnaval, sambas, e isto era uma espécie de morfina, afastava-nos do espírito a viagem provável à Colônia. Vinha o silêncio, findava a anestesia, chegava-nos a depressão.

Agora não nos podíamos iludir: receios esparsos juntavam-se, engrossavam, e debalde nos esforçaríamos por amortecê-los. Contudo, Herculano trepava à janela, segurava-se às traves de ferro e ordenava que todos cantassem. Donde lhe vinha aquela autoridade? O velho Eusébio fungava, ia encolher-se na outra sala. Insensíveis à exigência ruidosa, nem nos mexíamos nas esteiras, quase todos macambúzios, alguns a expandir-se em conjeturas desagradáveis. O tumulto não findava no Pavilhão dos Primários. Durante um minuto era balbúrdia enorme; em seguida esmorecia, ficava um rumor surdo: com certeza havia gente escalada para deitar lenha na fogueira sonora, não deixá-la apagar-se. Que estaria sucedendo? Herculano deixava a janela, indignado, como se assistisse a uma deserção. O canto devia ter para ele a importância de um rito, e a nossa indiferença o molestava.

capítulo 6

DESPERTARAM-NOS antes de amanhecer, ordenaram que nos vestíssemos sem rumor. Lavagem precipitada na torneira, rápida mudança de roupa, leve tilintar de chaves, um sujeito invisível à porta, a exigir pressa. Findamos os arranjos, tomamos as bagagens, saímos. Escuridão lá fora, com certeza o dia estava longe, os pardais ainda não tinham acordado. Movemo-nos algum tempo entre as árvores, deixamos a prisão.

Um tintureiro nos aguardava na rua, abriu-se para receber-nos. Ignoro como entrei, acho que subi por uma pequena escada. Provavelmente com receio instintivo de maus-tratos, empurrões, muitas vezes referidos, mergulhei rápido na abertura, à traseira do veículo, se não me engano. Outros me haviam precedido, e no exíguo espaço não descobri meio de acomodar-me. Arriei sentado não sei onde, em posição má, sem poder virar-me. Um objeto duro, mala ou fardo, esmagava-me as coxas e um corpo me tombava, pesado, no ombro direito. Jogam-se ali homens e coisas, de mistura, e não indagam se o carro tem capacidade bastante para carga; depois batem a porta. Se alguém ficar com a perna levantada, viaja equilibrando-se num pé e escorando-se no vizinho. Provavelmente o sujeito que me caía por cima do ombro estava assim, uma perna no ar, buscando apoio, sacudindo-se, mal arrumado naquela espécie de lata de conserva. Se houvessem permitido que nos ajeitássemos, acharíamos talvez lugar para redes e sacos. Mas com semelhante azáfama, afundáramos à toa no buraco sombrio, éramos uma confusão de membros e pacotes. Em vão nos esforçaríamos por endireitar-nos. Aliás, diante de nossas preocupações, a imensa trapalhada valia pouco.

Senti uma dor aguda no baixo-ventre. Uma operação anos atrás, o corte de peças necessárias, demora no hospital – e, em consequência, a perna a fazer-me pirraças. Largo tempo a claudicar, um aprumo difícil. Novamente me desarranjara na cadeia: vinham-me repuxões na carne doída, arrastava-me a cambalear, e os dias longos no Pavilhão dos Militares, a ausência de comida e a friagem do chão tinham-me arrasado. O diabo do volume saltava sobre a coxa doente, chocava-me na barriga, exatamente na região aberta pelos médicos. Cercavam-nos trevas cheias de manchas luminosas. As paredes do carro eram crivadas de furos redondos, as luzes da rua entravam por eles, corriam em dança louca, punham, traços vivos e inconstantes nas figuras em redor, e isto me dava a impressão de ver gente incompleta, pedaços humanos, olhos, bocas, orelhas, a aparecer e desaparecer continuadamente. Palavras soltas indicavam que alguns tipos se orientavam chegando-se aos buracos e ainda queriam enganar-se examinando o exterior: imaginavam pisar num cais, embarcar em navio para longe – muito longe – da Colônia Correcional. Essas fantasias não me pareceram absurdas, teimamos em pegar-nos a ilusões, sabendo perfeitamente que eram ilusões.

Virei-me a custo, e as marteladas no pé da barriga cessaram. Consegui levantar-me, romper a massa compacta, avizinhar--me dos orifícios, enxergar uma esteira de asfalto molhado. Nesse instante um prazer inexplicável e uma ideia esquisita me assaltaram. Devia ser delírio, mas depois esse pensamento doido me importunou com frequência. Tentava libertar-me, vencer o despropósito, horrorizava-me sentir prazer em tal situação, mas o asfalto molhado e os farrapos de luz me fascinavam. Quando me decidisse a escrever, em futuro remoto, produziriam bom efeito numa página. Como nos entram na cabeça maluqueiras semelhantes? Queremos extingui-las, voltar a ser viventes normais, e as miseráveis insistem. Em períodos vagos, num livro distante, surgiriam de novo o asfalto molhado e a deslocação vertiginosa das réstias. Queria convencer-me de que isso não tinha nenhuma importância, zangava-me por estar satisfeito, e a leseira permanecia.

O carro parou, rolamos uns por cima dos outros, esbarrando nas trouxas e pacotes. Abriu-se a porta, descemos. Quando saí, já diversos companheiros se moviam entre duas filas de soldados. Espantou-me conservar na mão a valise, guardá-la inconscientemente naquela balbúrdia. Na claridade ambígua da manhã nascente, focos elétricos desfaleciam.

Avancei tonto, um homem de farda e fuzil à direita, outro à esquerda. Marchávamos num corredor estreito, renques de polícias a isolar-nos, e por detrás das cercas móveis curiosos embasbacavam para nós. Essa indiscrição me aborreceu. Estúpidos. Baixei a cabeça, e escaparam-me os arredores. Na barafunda mental, a indignação transferiu-se. Estúpidos. Havia esquecido os basbaques; impressionava-me a inútil exposição de força. Bobagem, fanfarrice besta. Para vigiar um doente bambo e trôpego — dois sujeitos armados. Mergulhamos numa estação de estrada de ferro, mas só percebi isto ao entrarmos no carro de segunda classe.

Arriei no banco estreito, ladeado pelos tipos que me custodiavam desde o tintureiro, espalhei a vista em roda, colhi fragmentos de miséria em gestos moles, em fisionomias decompostas. Criaturas arrasadas; provavelmente devia achar-me assim. O trem moveu-se. Para onde iríamos? Naquele momento, a Colônia se tornava bastante duvidosa, não sei porquê. Dos soldados próximos um esteve em silêncio durante a viagem. O outro, um rapaz magro, puxou conversa em voz baixa:

— Ordem política e social?

Atrapalhei-me e confessei:

— Não entendo.

— Pergunto se é preso político — insistiu o rapaz.

— Ah! Sim. Por que pergunta?

— Porque ladrão não é.

Admirei a sutileza do moço, desejei experimentá-la.

— E se eu quiser dizer que sou ladrão?

Assustou-se, deu uma espiadela em torno, examinou-me fixo, cochichou:

— Não diga. Isso prejudica. Mas se dissesse, ninguém acreditava. O senhor pode ser assassino. Também não é. Se fosse, tinha ficado. Para lá só vão presos políticos e ladrões. Ladrão não é.

— Está bem. Vejo que tem muita prática.

— Não, pouca, às vezes me engano. Os da polícia civil conhecem os ladrões de longe, na rua, pelo andar.

— Está bem. Para onde vamos?

Olhou-me surpreendido, certamente a duvidar da minha ignorância, e permaneceu calado.

— Vamos para a Colônia?

Balançou a cabeça afirmando.

— Horrível, hem?

Hesitou um momento, segredou:

– Não é tanto como dizem não. Agora está melhor.

Isso contradizia a afirmação de vários indivíduos, mas se tivermos uma corda no pescoço e alguém nos vier sorrindo negar a existência dela, acho que nos convenceremos facilmente.

Um gazeteiro chegou à janela apregoando.

– Julgo que podemos ler, não?

– Com certeza.

Comprei um jornal e, com esforço, repisando a leitura cheia de lacunas, agarrei a notícia infeliz: o estado de guerra ia ser prorrogado. A patifaria inicial não me deixara mossa, de fato, nem me perturbara o jogo de xadrez, talvez por achar-me estável no cubículo 35; nenhuma referência a ela nos papéis guardados no bolso; agora faltava-me estabilidade, era-me impossível pensar nisto ali dentro, a rolar para a ignomínia, e a renovação do ato canalha dava-me arrepios. Larguei a folha em desânimo profundo. Câmara prostituída. Mais três meses de arrocho, ficaríamos pelo menos três meses na ilha, no curral de arame farpado, na sujeira imensa.

Tento lembrar-me de qualquer coisa exterior, vista nos campos, nas plataformas das estações. Não me lembro de nada; inúteis as pessoas, inútil a paisagem. Rodávamos no meio de laranjais, observei-os no regresso. Não havia laranjais. Havia apenas a informação desgraçada: mais três meses de guerra. Guerra a quem, malandros? A quem, filhos de umas putas? Essas explosões internas causam enorme desarranjo a um organismo combalido. Não nos revolta a safadeza, revolta-nos a estupidez. Conformismo idiota, pulhice, tudo a encolher-se na ordem – e um reconhecimento de guerra nesse marasmo. O soldadinho magro e pálido era uma criatura boa, não tinham força para incutir-lhe ferocidade. O instinto o levava a conversar comigo, a ver em mim um tipo como ele. Uns miseráveis o açulavam debalde: não sabia morder.

Com certeza desejei agradecer-lhe, e o receio de parecer covarde abafou o impulso. Não me recordo, isso me aconteceu algumas vezes. Nevoeiro mental, fugas, carência de nexo, o estado de guerra e os buracos do tintureiro.

Um volume sobre a Colônia, o livro que Medina esperava. Detinha-me nessa afirmação maquinal, embora considerasse o projeto irrealizável: nem queria ouvir falar em semelhante gênero de trabalho. Haviam-me no Pavilhão dado conselhos, mostrado a conveniência de narrar a vida na cadeia; a tarefa imposta me esfriava, em horas de aborrecimento vinha-me a tentação de berrar que não tinha deveres, estava longe da terra e imbecilizado. Os buracos do tintureiro e as réstias movediças continuavam a perseguir-me. De quando em quando me apalpava, tocava os papéis escondidos nos bolsos do paletó. Se fosse revistado, atira-los-ia pela janela do vagão. Sobressaltava-me, as figuras de Tamanduá, Newton Freitas e Medina apareciam-me nítidas. Um curral de arame farpado, um rebanho a definhar. As réstias deslocando-se no tintureiro. Punha-me a esfregar as mãos de rijo, depois tateava o manuscrito dividido, inquiria de esguelha se ele estava muito visível. No caso de revista, joga-lo-ia fora. Em que estariam pensando o velho Eusébio, Guerra, Herculano, Zoppo, Macedo? Ignoravam talvez a minha presença, absorviam-se como eu, faziam gestos inconsiderados e tentavam emendar-se. Na ratoeira que andava em cima de trilhos, sem decidir-se a parar, na verdade, éramos bichos bem mesquinhos. Todos bichos. Mencionei a prorrogação do estado de guerra, desdisseram-me com azedume; exibi o jornal, repeliram a nota agoureira: a unanimidade alienaria provisoriamente o sucesso aziago.

Dessa viagem realizada fora do tempo, armas e fardas a enchê-la, a guardar as portas, ligeiros traços hoje se esfumam. Página meio branca. Avultam nela, contudo, as palavras do soldadinho. Convenço-me de ter sido fiel reproduzindo o nosso diálogo; ao cabo de tantos anos, as perguntas e as respostas vêm nítidas, parecem recentes; não preciso enxertos, pelo menos julgo isto. A magreza e a palidez do moço ainda se conservam. O resto era confusão. O jornal, armas e fardas, os meus dedos úmidos e frios, as mãos inquietas esfregando-se, metendo-se nos bolsos, os companheiros a recusar indignados a notícia ruim. Nada mais. Uma janela inútil.

capítulo 7

O TREM parou. Desembarcamos em Mangaratiba. Aí me chegaram algumas ideias claras, fui capaz de observar qualquer coisa; agora as recordações avultam e se articulam. Achara-me num sorvedouro; ou antes, não me deslocara em sentido horizontal, mas para cima e para baixo, a subir e a descer nas roscas de um parafuso. Estávamos em Mangaratiba. Vi este nome na placa da estação. Bem. Chegávamos enfim a um canto da terra, e isto nos dava consistência. Roláramos fora dela, ausentes da realidade.

Ao sair da caixa móvel, José Gomes, o velho Eusébio, Guerra, Zoppo, deixavam de ser sombras, ganhavam corpo: lembro-me deles. Mangaratiba é um lugar miúdo, que procuro fixar na memória para não me esquecer dos companheiros. Uma povoação triste e abafada, com montes em redor. É, parece que tem montes em redor. Nada mais.

Deixando o vagão, marchamos em frente, pisamos num tablado sobre água: com certeza íamos embarcar. Faltavam-me cigarros. Como embarcar sem cigarros? Talvez não tivesse fumado no trem, mas ali, com os bolsos vazios, uma angústia me vinha. Os dedos a entrar nos bolsos vazios, a apertar-se em vão. Procurei auxílio, enxerguei perto um soldado negro, dirigi-me a ele. Estava sem cigarros. Entendia? Impossível viajar sem cigarros. Ofereceu-se para comprar alguns maços. Dei-lhe vinte mil-réis, fiquei olhando algumas senhoras que desciam do trem, da primeira classe, ingressavam no embarcadouro, em companhia de um sujeito magro, baixo, de cara chupada. Alguém me disse que o tipo se chamava Sardinha, era médico e mandava provisoriamente na Colônia Correcional de Dois Rios. Punham-me em contato com um mundo estranho, vago e difícil. Busquei adivinhar, pela fisionomia do homem, o que ele tinha por dentro. Nenhum contato, enganei-me. Aquele rosto impenetrável, chocho, aparece-me como silhueta recortada em matéria dura e fria. Um rosto de lâmina, cortante. Percebi a roupa escura e, além disso, um envoltório de rabugice, pimponice e hostilidade. Nunca me fez mal; pelo contrário: mais tarde me livrou de ser roubado; mas naquele momento me causou impressão demasiado repulsiva, e instintivamente dei um passo para trás. Recuo inútil: embora estivessem próximas, em cima do tabuado exíguo, as pessoas vindas da primeira classe muito se distanciavam de nós. Atentei nos rostos delas – e, que me lembre, nunca vi tal expressão de estabilidade, segurança. Firmeza em cima de pranchas mal pregadas. Um homem baixo e magro, mulheres bem-vestidas. Certamente se haviam habituado a olhar trastes como nós, espalhados no chão, eram tipas importantes, não nos enxergavam, naturalmente. Carregados de embrulhos, redes, malas e sobretudos, gente do sul e do norte, pobres-diabos, não valíamos nada, éramos lixo.

Não nos distinguiam. Acostumadas ao lixo, andavam cegas, podiam pisar-nos. O homem de rosto murcho, recortado em lâmina de faca, mexia-se procurando meio de acomodar as senhoras. Trouxeram cadeiras, julgo que vieram cadeiras de vime. Talvez fossem de vime, não sei bem. As senhoras sentaram-se, tranquilas, conversando alto. Estávamos ali, arrumados nas pranchas, com os nossos embrulhos e a nossa desgraça – e elas não nos viam. Lixo. Se quisessem levantar-se e andar, caminhariam bem, pois não tomávamos espaço, éramos coisas diminutas, rentes às tábuas. Passariam tranquilas por cima de nós, machucar-nos-iam com as solas dos sapatos, como se fôssemos pontas de cigarros. Excitava-me o sossego das mulheres e cócegas me arranhavam a garganta. Desejo de rir. Desenvoltas, em desembaraço perfeito, pareciam trancadas num quarto, podiam despir-se.

Duas ideias me perseguiam: o soldado preto não voltava com os cigarros, e nós éramos bagatelas, cisco em cima das tábuas, pontas de cigarros. Os meus vinte mil-réis estavam perdidos. E se uma daquelas senhoras quisesse mijar? Esse pensamento burlesco um minuto me agravou os arranhões da goela, o desejo de rir. Nenhum motivo para acanharem-se, mijariam facilmente na rede de Macedo, no capote do Zoppo, na minha valise. Tão grandes e afastadas, assim próximas e miúdas, em cadeiras de vime! Estávamos em pé, as nossas misérias, os nossos embrulhos, no chão. O soldado preto não regressava.

Uma lancha avizinhou-se, atracou. Saltamos para ela, houve confusão de passageiros no transbordo, gente a entrar, sair. Fizeram-nos descer uma escada que levava ao porão. No primeiro degrau, ouvi alguém chamar-me familiarmente e dei de cara com um sujeito desconhecido, alegre e ruidoso. Quem diabo seria? Reparando bem, julguei-o, pelos modos, um tipo encontrado meses antes, no Pavilhão dos Primários, buscando entender-se com Birinyi num italiano incompreensível. Vinha num grupo da Colônia e saía do porão. Criaturas indefinidas. A nossa escolta apoderou-se deles, a que os havia trazido encarregou-se de nós e ficou lá em cima, a vigiar em torno da escotilha.

Descemos. No meio do caminho, ouvi um grito e, levantando a cabeça, distingui o soldado preto a acenar-me. Subi ao convés, recebi vários maços de cigarros e caixas de fósforos. Ao metê-los nos bolsos, encontrei as folhas de papel cobertas de letras miúdas e joguei-as na água. Representavam meses de esforço, nenhuma composição me fora tão desigual e custosa, mas naquele momento experimentei uma sensação de alívio. Não me ocorreu o prejuízo. O certo era que as notas significavam culpa, e se fossem descobertas isto me renderia aborrecimentos. Haviam escapado às fogueiras inevitáveis nos cubículos do Pavilhão quando nos anunciavam revista. Imprudência conservá-las naquele tempo. Agora isto era absurdo: não entrariam na Colônia. Perda escassa: estavam pessimamente redigidas, e longos anos tantas vezes me sucedera queimar prosa ordinária que não me abalava a destruição de mais algumas páginas. De certo modo aquilo desculparia o desânimo e a preguiça, serviria de pretexto para furtar-me à obrigação cacete. Iam-se diluindo na água as minhas lembranças esparsas; não me seria possível reconstituir com segurança os cubículos povoados de percevejos, a sala escura da galeria, as redes oscilantes e o camarote do padeiro no porão do *Manaus*. Tornei a descer a escada curta, penetrei na jaula que nos reservavam, fui sentar-me a um canto, sobre a maleta.

A lancha desatracou e partiu, algumas pessoas entraram a enjoar. Como era grande o calor, tirei o paletó e a gravata, afrouxei o colarinho. A perna encrencada aperreava-me em excesso. Ao embarcar atrevera-me a um passo comprido – e a dor crescera, muito aguda. Isto me alegrava. Se me inutilizasse, com certeza me deixariam morrer num hospital. A perna doía. E cultivei a dor, imaginei acabar-me depressa fora do curral de arame descrito por Tamanduá.

Macedo estabeleceu-se junto a mim e começou a realizar uma operação minuciosa e lenta. Despiu-se, tirou o dinheiro, enrolou as notas em longos pavios e meteu-as no cós do pijama. Em seguida substituiu a cueca pelo pijama, vestiu a calça e aconselhou-me a fazer o mesmo. Restavam-me cento e poucos mil-réis e não julguei preciso escondê-los. A barca jogava muito. E em redor olhos compridos enlanguesciam, fechavam-se, abriam-se, fechavam-se de novo. Lembrei-me do pavor de Guerra, no Pavilhão. Batia com a cabeça nos ferros da cama e gritava, injuriando o governo, atirando à polícia nomes sujos. Como iria aguentar-se? Esquisito. Guerra se comportava bem, ria, pilheriava. Estaria a fingir-se alegre por fanfarronice? Talvez não. O movimento e o riso pareceram-me naturais. Os homens do Paraná tinham modos bovinos. Sentados nos capotes, as costas apoiadas às tábuas das paredes, fechavam-se, lúgubres. Os óculos do velho Eusébio procuravam socorro impossível; a voz era um tímido murmúrio, a interjeição do fim das frases quase se sumia. Espanto e receio nos rostos. Não me surpreendia viajarmos em porão, mas aquele era baixo demais. Talvez Macedo e Guerra pudessem ficar ali em pé; se Petrosky se levantasse, com certeza bateria com a cabeça no teto.

Não sei quem teve a lembrança de me oferecer comida. Prinz ou Cabezon. Surgiram postas de peixe seco e rodelas de pão num papel engordurado, certamente contrabando fornecido pelo faxina preto. Desviei-me engulhando, os rapazes insistiram, a princípio com paciência, depois irritados: uma exigência dura. Bem, tinham razão. Escolhi um pedaço de peixe, o menor, tentei ingeri-lo devagar.

A língua seca, aperto na goela, os beiços gretados e queimados. Se tivesse um copo de água, tudo se arranjaria. Mas com semelhante secura a dificuldade era grande. Mastiguei o peixe até que ele se transformou numa espécie de serragem, longo tempo estive a ruminar em vão. Afinal, o espesso farelo me atravessou a garganta, arranhando-a. Como areia. Resisti à náusea, apertei os queixos, entortando a cara, retesando os músculos do pescoço. Talvez aquela fosse a minha última refeição.

Chegou-me a sede. E como limpar os dedos sujos de sal e gordura? Esfreguei-os num pedaço de papel, mas continuaram sujos e tive receio de enodoar a roupa. Tirei dos bolsos as carteiras de cigarros que o soldado trouxera, despejei-as, limpei as mãos nos invólucros, demoradamente, até ficarem túmidas e vermelhas. Desmanchando as carteiras e friccionando as mãos, tinha entre as pernas juntas uma pilha de cigarros soltos. Espalhei-os em vários bolsos, inquieto: haviam-me dito que só entrava na Colônia um reduzido número de maços; veio-me a esperança de salvar aqueles, dispersos, misturados a lenços e objetos miúdos. Percebi em volta olhares cobiçosos, urgências de fumo, e arremessei, com um gesto liberal, o paletó recheado sobre as tábuas. O valor dos cigarros diminuiu.

Petrosky, Zoppo, Garrett, Prinz, Cabezon – que nomes estranhos! Bichos brancos e vagarosos, de outro mundo. Prinz tinha um sorriso fatigado. Cabezon tentava conversar e desistia. O tormento do velho Eusébio reluzia nos vidros, soava na respiração de gato. Duas figuras me impressionavam: Macedo, tranquilo e gordo, cachimbando, a arrumar as suas coisas sem pressa, e Guerra, agitado e falador, com estridências na voz e ameaças na ponta do bigodinho, um Guerra muito diferente do que rolava na cama, aos gritos. Do velho Eusébio restavam depressões. Por cima das nossas cabeças, ladeando a entrada, viam-se as perneiras, as fardas, os bonés e os fuzis da polícia. Petrosky, o homenzarrão silencioso e louro, arriava-se a um canto, invisível no escuro, entre caixões. Se tentasse erguer-se, não conseguiria aprumar-se. Sentado na valise, arrimado à tábua, pouco a pouco me entorpeci, achei-me longe do porão da lancha, do carro de segunda classe, do tintureiro. Todos ali eram desconhecidos, meses antes não me havia chegado o nome de nenhum deles. Eu mesmo era um desconhecido agora, diluía-me, tentava debalde encontrar-me, perdido entre aquelas sombras.

Uma frase repetida, que se despojara de significação, martelava-me: o estado de guerra ia ser prorrogado. Isto me aborrecia. Para o diabo o estado de guerra. Imaginei-me em país distante, falando língua exótica, ocupando-me em coisas úteis, terra onde não só os patifes mandassem. Logo me fatiguei dessas divagações malucas e dei um salto para trás, vi-me pequeno, a correr num pátio branco de fazenda sertaneja, a subir na porteira do curral, a ouvir os bodes bodejarem no chiqueiro. De qualquer forma, enveredando no futuro ou mergulhando no passado, era um sujeito morto. Necessário esquecer tudo aquilo: o porão, o carro de segunda classe, o tintureiro, os cubículos, a recordação da infância, o país distante e absurdo, refúgio impossível.

Não sei quem me tirou dessa horrível apatia, alguém que me pediu um cigarro ou ofereceu qualquer coisa. Regressei à realidade, enxerguei fisionomias sucumbidas, invadiram-me palavras soltas, o riso estridente de Guerra, a fala engrolada de Zoppo, o laconismo, a resignação bovina de Petrosky. José Gomes estava abatido. Lembrei-me do *Manaus*. A noite José Gomes fazia com as mãos uma corneta, erguia a voz imitando um locutor:

– "Rádio Clube do Porão. Vamos ouvir Paulo Pinto, rei do samba."

E Paulo Pinto, negro, rei do samba, cantava; com amores, tolices, onomatopeias, reduzia o calor da fornalha, o cheiro de amoníaco, os vômitos, o arquejar penoso, as cascas de laranja atiradas da coberta sobre as nossas redes. Agora Paulo Pinto estava na Colônia, e José Gomes se imobilizava no silêncio.

Em redor, nos cantos sombrios, caixas, bagagens, sacos. E pelas frestas que separavam as tábuas grossas e sujas, víamos a água escura lá embaixo. As minhas folhas se desagregavam nela, a plumbagina se diluía, perto do embarcadouro de Mangaratiba. Amizades rápidas, casuais, um instante a fixar-se e logo a estremecer nos sacolejos dos navios, dos carros, seriam em breve partículas indecisas no mar, partículas indecisas na minha memória. Na Colônia, iriam mexer-me nos bolsos, despojar-me, recolher-me fraco e desarmado.

Resolvi guiar-me pelo juízo de Macedo, homem cauteloso, em geral, entregue a minúcias razoáveis; imitei-lhe a prudência. Retirei da valise a calça do pijama e introduzi no cós dela o dinheiro de papel que me restava; deixei no porta-níqueis uma cédula de cinquenta mil-réis. Despi-me, vesti a peça fraudulenta, a roupa de cima, com a aprovação tácita do meu companheiro meticuloso. Bem. Agora me alentava um pouco; as notas amarradas à barriga davam-me a esperança de conseguir mexer-me, não perder a iniciativa.

Ergui-me, fui até a abertura por onde havíamos descido, subi os degraus inferiores da escada curta. Entre as perneiras dos soldados, vi o mundo lá fora, o sol, água, ilhas, montes, uma terra próxima a alargar-se.

capítulo 8

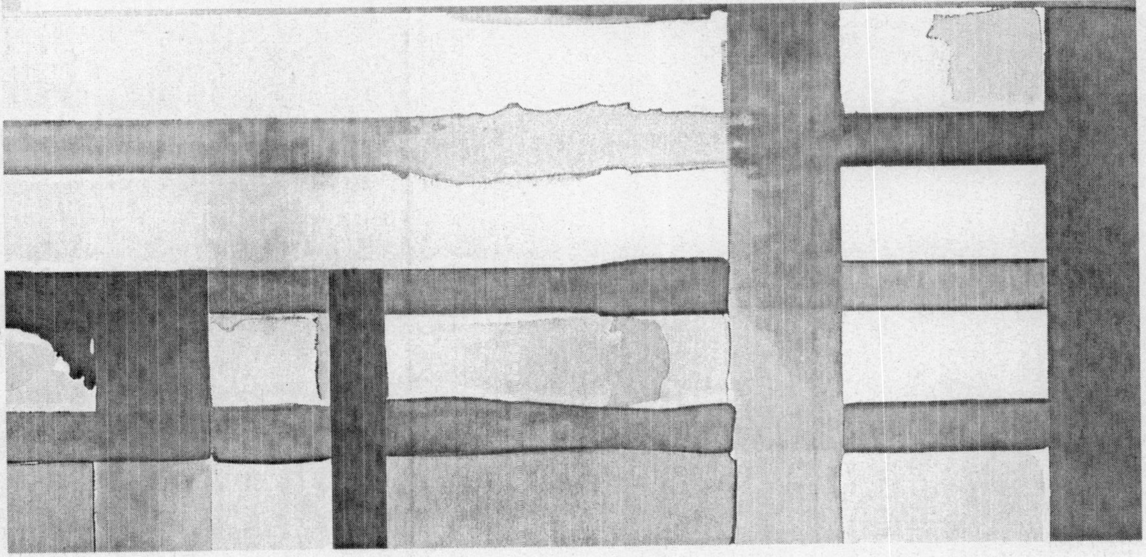

SUBI mais uns dois degraus, vi telhados, árvores, depois, mais para baixo, uma povoação e as tábuas de uma espécie de embarcadouro, aparentemente melhor que o de Mangaratiba.

A lancha atracou. Mergulhei os olhos no buraco onde ainda me achava meio enterrado, percebi alvoroço, homens agarrando embrulhos, fardos, sobretudos, maletas, sacos e as redes sertanejas inseparáveis dos nordestinos. Eram grandes e tinham aplicações várias, essas redes. Presas nos armadores, serviam de camas, cadeiras. Estendidas no chão, substituíam cobertores, lençóis. Dobravam-se, enrolavam-se, entre as varandas metiam-se objetos miúdos — supriam sem dificuldade os baús de folha usados no interior. E como no Nordeste conduzem nelas defuntos para o cemitério, não é tropo afirmar que os meus amigos do porão do *Manaus* levavam às costas os seus próprios caixões. Matuto degenerado, nunca pude utilizar essa complicação.

E ali estava no meio da escada, a valise debaixo do braço, leve, transportada maquinalmente. Dentro da valise, cuecas, lenços, duas camisas, dois ou três pares de meias, alguns lápis, um bloco de papel inocente e branco, bilhetes, cartas, fotografias, correspondência de minha mulher. Pouco me importava que tomassem tudo isso. Nada comprometedor. Papéis inofensivos, bilhetes anódinos, lápis, nenhum dinheiro, retratos de meninos. As notas, únicas forças restantes, arrumavam-se no cós do pijama, faziam na barriga um chumaço pequeno em cima da cicatriz da operação. As folhas prejudiciais tinham sido atiradas na água. Estavam comigo notícias ingênuas, a figura de meu filho mais novo, de olhos grandes. Apenas. Bem. Valise insignificante, que a minha fraqueza podia transportar sem custo. Bem. Não me constrangiam coisas pesadas e incômodas.

Enquanto os outros arrumavam a difícil bagagem, trepei os últimos degraus, cheguei à coberta. Alguns minutos de espera. Macedo e Zoppo, Guerra e Cabezon, Petrosky e Zé Gomes desenroscaram-se lá embaixo, subiram – e achamo-nos em linha, passamos ao tablado que servia de ancoradouro. Um sargento, mulato gordo e fornido, entrou a distribuir-nos, e as dezessete pessoas, em fileira, num instante se sumiram. Dois sujeitos armados tomavam conta de um preso, exatamente como ao descermos do tintureiro. Arrogância, exposição besta de força. Dois polícias para escoltar um indivíduo inerme, de braços ocupados, seguro à bagagem. O sargento volumoso e escuro tinha carranca selvagem, mas o instinto me levou a entender-me com ele. A primeira leva desembarcara ali em noite de chuva, subira montes e descera montes, às carreiras. Lembrei-me do relatório de Chermont. Se um infeliz escorregava no barro molhado e caía, obrigavam-no a levantar-se com pancadas. Agora os caminhos estavam enxutos, o dia claro. Infelizmente a perna me atormentava e não me seria possível correr. Declarei isto ao sargento. Examinou-me, talvez procurando no meu rosto sinais de mentira.

– Que é que o senhor tem? – perguntou áspero.

– Fui operado. Não consigo viajar depressa.

Refletiu, decidiu:

– Vou pedir um cavalo.

Isto me aborreceu: desagrada-me incomodar alguém.

– Talvez não seja preciso. Qual é a distância?

– Doze quilômetros de serra.

– Que horas são?

– Dez.

– A que hora devo chegar?

– À tarde. Chegando às seis, chega bem.

– Obrigado, sargento. Não é necessário o cavalo. Vou a pé.

Voltou-se para os dois policiais:

– Este senhor está doente, não pode acompanhar os outros. Andem muito devagar com ele, parando para descansar.

Afastei-me capenga, disposto à marcha penosa; no fim do tablado recuei, vexado por não me ocorrer um agradecimento razoável. Afinal a criatura nada tinha com os meus desastres. Atentei na fisionomia agreste:

– Aquilo é horrível, hem, sargento?

Alongou o beiço grosso, resmungou:

– Não. Para o senhor, não.

– Ora essa! Por quê?

– Em qualquer parte o senhor está em casa.

A observação me chocou. Ter-me-ia acanalhado? Comportar-me-ia direito em excesso, buscando captar a benevolência da força? Um rápido exame interno sossegou-me: tinha-me expressado conciso e frio, apenas manifestara a impossibilidade completa de mexer-me depressa. Antes de me retirar, o homem se avizinhou, segredou uma pergunta inesperada:

— Tem dinheiro?

Surpreendi-me. Contudo, não senti desejo de fechar-me:

— Tenho, pouco, mas tenho.

— Não caia na tolice de entregá-lo. Só lhe consentem levar cinco mil-réis. Guarde o resto. Vai passar fome, sabe? Há de comprar comida fora.

Súbito revelei ao sujeito o esconderijo das notas, e não julguei ser imprudente. Estavam no cós do pijama, entre as calças e a cueca.

— Acha que vão descobri-las na revista?

Balançou a cabeça negativamente:

— Não há perigo, a busca é formalidade.

Referiu-se de novo à falta de alimento e repetiu o conselho de aferrolhar o dinheiro, economizar: ser-me-ia indispensável prover-me em negócios clandestinos. Falava rápido e baixo, a conversa durou talvez dois minutos. Ainda avancei uma interrogação: qual era o meio de obter coisas no exterior? Alguns rapazes da polícia arriscavam-se a esses favores, afirmou.

— Quer apresentar-me a um dos seus homens?

— Não. O senhor será procurado, com certeza.

Duas ou três vezes introduziu no diálogo esta observação intempestiva:

— Não lhe acontecerá nada ruim. Uma pessoa inteligente nunca se aperta.

— Agradecido, sargento.

Arredei-me a coxear, aproximei-me dos guardas, pisamos terra. A reflexão do sargento era burlesca; e fazendo-a, parecia referir-se, não à minha inteligência, mas à dele. Queria talvez aparentar sagacidade notando em mim prendas ocultas, pois nenhum recurso intelectual se revelara nas minhas palavras. Longe disso: houvera-me estupidamente, confessara a existência das cédulas e a peça de roupa onde se metiam. Deixara-me levar pelo instinto: não enxergara um inimigo no tipo sombrio. Ou então me surgira o desejo de arriscar-me, avaliar a minha resistência e as disposições contrárias. Algumas vezes isso me acontecia, e, presumo, durante a reclusão estirada não precisei simular. De qualquer modo, a conversa ligeira nas tábuas me convencia de que a violência organizada era bem precária: os agentes dela se bandeavam, nos momentos difíceis vinham cochichar-nos informações e conselhos. Bem. O mulato rijo e de tromba, os soldadinhos fracos a aborrecer-se debaixo dos fuzis pesados não tinham interesse em magoar-me. Os generais deviam procurar saber como as suas ordens se cumprem. Berram, ameaçam, têm aparência de terremotos – e ali me achava a manquejar, seguido por dois sicários inofensivos.

– Como se chama este povoado?

– Abraão.

Na ponta da rua uma bodega me sugeriu a ideia de comprar cigarros. Entrei nela, pedi um milheiro, diversas caixas de fósforos, enchi a valise, acabei de empanzinar todos os bolsos. Deixariam penetrar na Colônia aquele despropósito? Os soldados me incutiram otimismo. Bebi um cálice de conhaque, larguei a nota de cinquenta mil-réis e guardei o troco no desvão do porta-níqueis; à mostra ficaram apenas algumas moedas. O álcool é proibido com rigor, mas nem me ocorreu falar em consentimento: a disciplina se relaxaria ante a necessidade forte. Saímos, perdemos de vista as últimas casas da aldeia. Topônimo esquisito: Abraão. Um dos condutores me corrigiu a pronúncia:

– Abraão.

Certamente havia morado ali um sujeito importante com esse nome. Algum judeu? Na Alemanha a designação torpe e semítica se haveria riscado, mas a esculhambação nacional não atentava nisso. E o Abraão continuava na geografia miúda, possivelmente um velho Abraão de olhos vivos e nariz curvo, parente vago de Gikovate e Karacik, transferido um mês atrás para a Sala da Capela.

Distanciamo-nos da costa, assanharam-se os declives, entramos a subir e a descer ladeiras. Vegetação farta. Várias pontes sobre os rios estreitos, zigue-zagueantes, que haviam batizado a Colônia. A luz forte do sol feria montes escuros e nus; em certos pontos árvores esguias disfarçavam a calvície da terra pedregosa. Veio-me o desejo de perguntar como se chamavam essas plantas, mas a curiosidade morreu logo.

Ao calor do meio-dia, estazei-me. Horríveis picadas na perna; vencer alguns metros de rampa custava-me esforço enorme. Respiração curta, suor abundante, falhas na vista. Procurei dominar a fraqueza atentando na paisagem. Inutilmente. A cabeleira escassa dos morros já não me interessava. As dores no pé da barriga avivavam lembranças insuportáveis do hospital. Meses compridos vira-me forçado a amparar-me a uma bengala; esse arrimo agora me fazia grande falta, e os passos arrastavam-se trôpegos, indecisos, parando a cada instante. Os soldados começaram a impacientar-se, e isto agravou a dificuldade. Tentei elastecer a carne entanguida, propensa à imobilidade; experimentei a sensação de ter um dreno de borracha metido no ventre. Mordia os beiços queimados e arfava. Impossível continuar. Pus a valise em cima de uma pedra e sentei-me, indignando os condutores presos ao cambalear penoso, recusei-me a prosseguir. Inútil a insistência, arquejei. Não viam que estavam exigindo o impossível? Contudo, inclinava-me a julgar aquilo um achaque passageiro; nenhuma preocupação. Iria restabelecer-me quando me surgissem de novo as mesas e as camas, objetos remotos, improváveis.

Ergui-me, reencetei a caminhada bamba, detive-me ao cabo de cem metros, joguei-me outra vez para a frente. Rês cansada; nenhum aguilhão me apressaria. Inquietava-me a posição do sol, e uma pergunta me vinha com frequência: ainda estávamos longe? Com certeza. Afligia-me causar transtorno aos dois homens. Um deles puxou conversa. Era de Palmeira dos Índios, em Alagoas. E inteirando-se de que eu vivera ali muitos anos, pediu notícias de personagens locais, perguntou como iam de saúde seu Aureliano Wanderley e seu Juca Sampaio. Achei graça na curiosidade e afirmei:

— Vão muito bem.

Nas escarpas da Ilha Grande, a esfalfar-me, a aproximar-me vagaroso da Colônia Correcional, papagueava com um matuto fardado sobre gente do interior, meio esquecida. O rapaz me interrogava como se eu tivesse a obrigação de conhecer Juca Sampaio e Aureliano Wanderley. Palmeira dos Índios é uma cidadezinha, os habitantes andam lá em contato forçado. Apartara-me deles, mas não hesitava em referir-me às duas pessoas mencionadas. Estavam bem. Pelo menos deviam estar melhor que eu. Essa tagarelice aplacou o trajeto ronceiro.

As estações espaçaram-se. O terreno ia ficando menos íngreme, o calor diminuía. Era certo chegarmos antes da noite e não precisava agitar-me em excesso. As punhaladas no ventre esmoreceram; o que agora me incomodava era o torpor na coxa direita. A dormência crescia, chegava ao joelho, dava-me a impressão nova de mexer-me com uma perna artificial. A voz lenta do sertanejo escorregava-me nos ouvidos, trazia-me ao espírito as largas campinas da minha terra, os cardos pujantes na seca, as flores amarelas das catingueiras. Em redor, coisa muito diversa dessas evocações familiares: sombras, matas, as estranhas árvores delgadas a vestir a peladura negra dos montes.

No fim da tarde, alcançamos um pátio branco. Ao fundo, enorme galpão fechado, e junto a ele cercas de arame, certamente o curral onde nos confinariam. A vista fixa nas paredes baixas, na cobertura de zinco, durante algum tempo não percebi as casas alinhadas no terreiro. Surgiram-me de chofre, como se se tivessem construído naquele instante, sem dúvida residências de funcionários, repartições, cozinhas e alojamento da tropa. Na confusão da chegada, isso me vinha desconexo, vago e sem limites. Amálgama incoerente. Que pensariam de mim os dois rapazes? Movera-me até ali conversando, a exumar fatos e indivíduos meio extintos, e não revelara falha na memória, nas ideias. De repente me achava incapaz de localizar os edifícios, desorientava-me. Só queria saber se a perturbação vinha à tona, transparecia nos modos, ou se ainda me seria possível exibir uma aparência razoável. Continuava a falar, com pausas, ignorando a significação das palavras, e examinava os interlocutores, buscando neles marcas de espanto. Nada enxerguei. Naturalmente fazia perguntas, mas não tinha consciência disto; as informações resvalavam no entendimento paralisado. Incapaz de relacionar as coisas mais simples, senti um prazer absurdo no exame de plantas amáveis, de grandes folhas verdes, crestadas, a adornar a terra clara. Concentrei-me nessa decoração, no movimento e na cor: as folhas mortas, fulvas, caíam lentas, voavam na aragem fria. Para onde me levavam?

No caminho surgiu-me um velho miúdo cheio de rugas. Vestia zebra e manejava enxada, ocupando-se em retirar do chão uma nesga de grama. Ao passarmos, interrompeu a tarefa, diligenciou erguer o espinhaço curvo, estirou o braço trêmulo, gemeu quase a soluçar:

– Uma esmolinha de um cigarro pelo amor de Deus.

Meti a mão no bolso prenhe de cigarros, tirei um punhado, larguei-o na mão da criatura.

– O senhor está doido? – gritou um dos soldados. Espantei-me:

– Por quê?

– Dar quarenta cigarros a este vagabundo! Estão aí bem quarenta. Há de haver dia em que o senhor não acha um cigarro por dinheiro nenhum. Escute bem. Por dinheiro nenhum.

Essa perspectiva me trouxe um arrepio. Enfim, paciência Que se havia de fazer? Na verdade, não me instigara nenhum sentimento caridoso ao espoliar-me em benefício do velho. Estava meio convencido de que não me deixariam guardar aquela enorme provisão de fumo. A minha filantropia esvaziava um pouco a algibeira prejudicial. Reduzido o volume, talvez me permitissem conservar o resto dos cigarros.

capítulo 9

LEVARAM-ME a uma das formalidades inevitáveis na burocracia das prisões, num dos edifícios baixos, limites do pátio branco. Sala estreita, acanhada; homens de zebra a mexer-se em trabalhos aparentemente desnecessários. Por que me encontrava ali? Devo ter feito essa pergunta, devo tê-la renovado. Impossível adivinhar a razão de sermos transformados em bonecos. Provavelmente não existia razão: éramos peças do mecanismo social – e os nossos papéis exigiam alguns carimbos. A degradação se realizava dentro das normas. Que me iriam perguntar? Não disseram nada. Os homens de zebra exigiram apenas que lhes entregasse a roupa. Ora essa! Queriam então que me retirasse dali nu? Não era bem isso. Tinham aberto a valise, arrolado os troços, achavam possível despojar-me da indumentária civilizada. Estava certo. Era preciso despir-me em público ou havia lugar reservado para isso? Não havia. Perfeitamente.

Despojei-me da casimira. E como tinha por baixo a calça do pijama, com o dinheiro minguado no cós, vesti apenas o casaco.

Achava-me regulamentar, tanto ou quanto regulamentar e ridículo, prendi a camisa nas virilhas, sujeitando o pano à carne resistente. Achei-me coberto enfim deste jeito: camisa úmida, colarinho, gravata, pijama bastante amarrotado, os pés coagidos nos sapatos duros, poeirentos. Os tamancos deixados no cubículo 50, no Pavilhão dos Primários, faziam-me falta. É estúpido mencionar isso; contudo não conseguimos prescindir lá dentro de tais insignificâncias. De fato não eram insignificâncias. Os sapatos duros e estreitos magoavam-me os calos; seria bom juntar aos pés inchados pedaços de madeira presos com tiras de pano. Os tamancos me dariam folga, relativa liberdade.

Antes de largar os trapos ao funcionário de zebra, recolhi os cigarros, enchi os bolsos do pijama, fiquei obeso. Para emagrecer um pouco, recolhi o cinto, apertei-o à barriga, avancei dois ou três furos além do ponto normal: a ausência de comida facilitava-me a operação: a magrém forçada compensava a gordura exterior. Em relativo equilíbrio, tentei conservar a carteira, onde havia alguns papéis isentos de valor. Um sujeito de zebra tomou-a. Reclamei.

– Para que é que o senhor quer isso? São fotografias. Veja. Não interessam.

O homem fez orelhas moucas e guardou a carteira, sem me deixar nenhum vestígio da subtração. Depois me conduziram às cercas de arame, ao galpão temeroso. Numa saleta, os meus companheiros de viagem, com certeza chegados horas antes, amolavam-se à espera de formalidades rotineiras, mais ou menos indecifráveis. Em torno de uma banca figuras se moviam, davam-me a impressão de mexer-se em densa neblina: a minha vista se turvava, era-me impossível notar minúcias. Na imobilidade, reapareceram-me as dores, ferrões me atravessaram a carne entanguida. Não me aguentei de pé, fui encostar-me a uma parede, curvo, derreado para a direita, a mão no pé da barriga.

Nunca pude saber como, em tais situações, nos chegam notícias precisas. De que modo se transmitem? Parecem adivinhação. Estamos cercados, vigiados; alguém nos sussurra algumas palavras, e recebemos num instante esclarecimentos indispensáveis. Uma cadeia se forma, conjugam-se reminiscências, o aviso se amplia; quando nos referimos a ele, notamos apêndices, interpolações, acréscimos rápidos, anônimos. Nesse trabalho coletivo a memória e a imaginação cooperam de tal jeito que nos é impossível saber se o informe decisivo é falso ou verdadeiro: entrosam-se nele os pacientes exames rigorosos e a credulidade excessiva ordinária nas cadeias. Em torno divisei homens fardados, mas a minha escolta havia desaparecido. Indicaram-me nessa altura um sujeitinho e segredaram-me o nome, a índole, os costumes dele. O anspeçada Aguiar, nanico, tinha péssimas entranhas, compensava a escassez física normalizando a violência; arrogava-se poder imenso, de fato ali dentro superava as autoridades comuns, adstritas à censura e à regra. Já me haviam falado nesse tipo. Exigia um respeito absurdo, e na presença dele todos nós devíamos guardar silêncio e cruzar os braços. Inclinava-me a julgar isso exagero; difícil admitir que tal insignificância tivesse meios de criar normas, sujeitar a elas várias centenas de indivíduos. O cochicho rápido fez-me virar o rosto, atentar na minguada personagem. O movimento não lhe passou despercebido. Olhou-me seco e frio, com certeza o surpreendeu a minha postura encaranguejada. Chegou-se a mim, resmungou áspero, distante e superior:

– Está doente?

Balancei a cabeça afirmando. Retirou-se, momentos depois reapareceu trazendo uma cadeira. Sentei-me, agradeci num gesto. O homem não era tão ruim como diziam. Essa oferta da coisa necessária numa situação crua me dispunha favoravelmente. Bobagens sermos susceptíveis naquele meio. Era possível que as grosserias do pequeno soba apenas existissem cotejadas ao proceder exterior. No lugar estranho iam surgir-nos relações novas – e era ingenuidade pretendermos conservar os nossos hábitos.

Correra o tempo, chegara a noite, em redor da mesa os preparativos longos escapavam-me, atos desconexos. Fixava-me num pormenor, noutro, ainda me sentia capaz de observar, mas sem continuidade. Não sei quando me chamaram. Vi-me ao pé da mesa, junto à valise aberta, mão a revolver-me os bolsos. Deixaram-me os cigarros, e isto me trouxe imenso alívio; durante o dia, no consumo lento das horas, a privação do fumo absorvera-me. Respirei, as algibeiras pejadas, a enorme provisão de tabaco e fósforo salva, de mistura com lenços e cuecas. Exigências insignificantes, formalidades. Pegaram no porta-níqueis, abriram-no e logo o devolveram, sem examinar o conteúdo. Não tiveram a ideia de mexer-me no cós do pijama; o dinheiro lá guardado iria ser necessário: talvez a minha existência dependesse dele. Tomaram-me os lápis e o bloco de papel. Por muito que me esforçasse, não consegui mais tarde recompor as fisionomias das pessoas que realizaram essas operações. Naturalmente fizeram perguntas e dei respostas. Não me lembro de nada. Os meus companheiros de viagem deviam estar ali perto, mas isto é suposição. Qual deles me cochichara o nome do anspeçada e me avivara passagens do relatório de Chermont? Uma balbúrdia, pensamentos a debandar. Tentava expressar-me direito, não me custava fingir calma. Aspecto normal, a voz ordinária; convencia-me de que nas minhas palavras não havia incongruências, e esta certeza me parecia insensata.

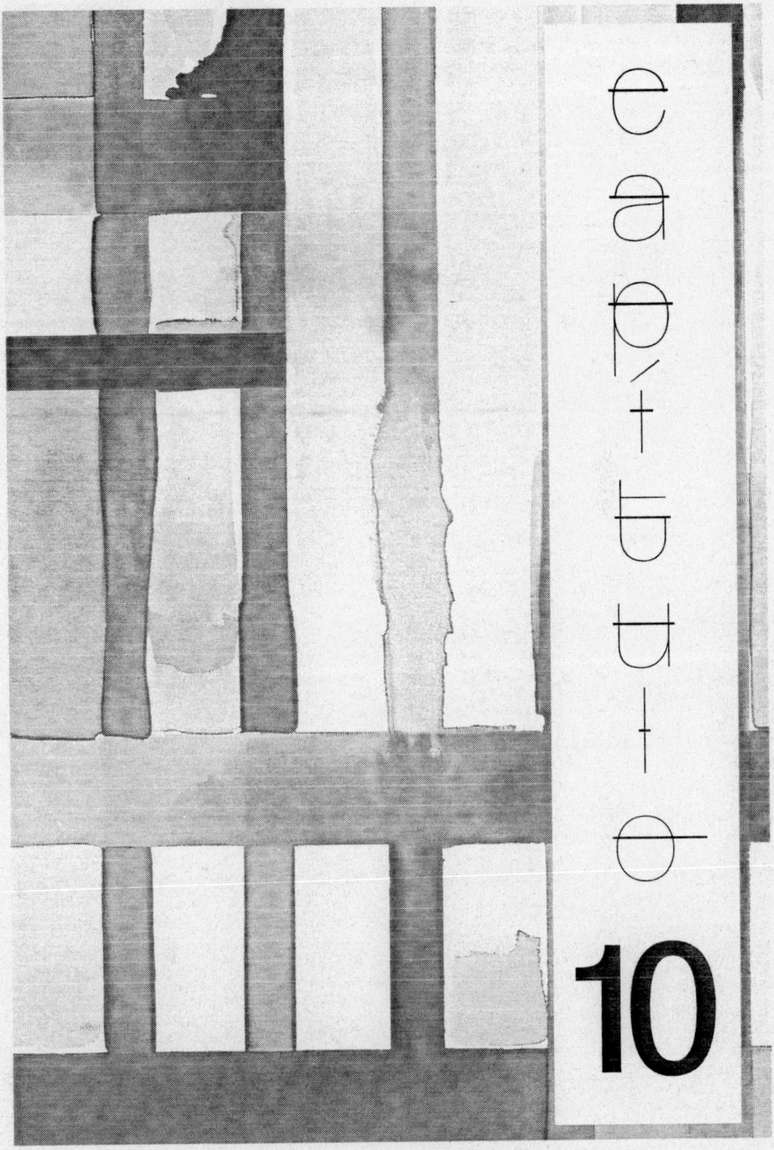

capítulo 10

FINDA a vistoria, achei-me no pátio, sobraçando a valise, a andar sob as árvores de grandes folhas invisíveis agora. Entramos num salão estreito e escuro. Pendiam lâmpadas do teto baixo, vidros fuscos, fios incandescentes, a espalhar uma luzinha frouxa e curta; a alguns metros delas os objetos mergulhavam na sombra. Distingui duas alas de mesas compridas; eram duas, se não me engano, ladeadas por bancos. Tombei num deles, cansado.

Reparando bem, notei que as mesas se formavam de tábuas soltas em cima de cavaletes. O ar estava nauseabundo e empestado, havia certamente nas proximidades um bicho morto a decompor-se. Juntei os cotovelos às pranchas, segurei a cabeça fatigada, comprimi as narinas com os polegares, fiquei um minuto a arfar, respirando pela boca. Um sujeito se avizinhou, manso, quase invisível na escuridão. Arriei os braços, ergui os olhos inúteis: impossível enxergar as feições do homem. O cheiro de carniça invadiu-me os gorgomilos, trouxe-me enjoo, lágrimas, embrulho no estômago. Outra vez levantei as mãos, apertei o nariz, receando vomitar, cerrei as pálpebras.

Tocaram-me num ombro. Sacudi o torpor, abri os olhos, vi um prato junto a mim.

— Obrigado.

Nos arredores, vultos indecisos, provavelmente os meus vizinhos da lancha, do carro de segunda classe, do tintureiro, matavam a fome. Depois de tantos abalos, nordestinos e paranaenses tinham apetite naquela situação. Repugnava-me, inquiria mentalmente se o olfato deles se embotara ou se o fedor horrível era uma criação dos meus nervos excitados. Inclinei-me a supor isto. Difícil admitir a insensibilidade estranha em várias pessoas; o defeito estava em mim, um sentido me enganava. Tocaram-me de novo no ombro, da figura indistinta veio um conselho doce e lento:

— Coma.

Soltei a cabeça, aspirei um pouco de ar; estupidez negar as emanações torpes.

— Obrigado. Não posso.

— A comida está boa, foi preparada para os senhores.

Acendi um cigarro, pus-me a fumar depressa, buscando vencer a infeliz sensação. No prato havia manchas escuras, talvez pedaços de carne.

— Faça um esforço. Amanhã o senhor não terá isso. A comida foi feita para os senhores. Experimente.

A fala branda era um murmúrio. Espantava-me da curiosa solicitude, queria desembaraçar-me dela:

— Agradecido. É impossível.

Apesar da recusa, a criatura afável, isenta de fisionomia, continuava a embalar-me com a oferta vagarosa, insistência mole, gorda e úmida. O rosto se escondia na máscara de trevas; a voz blandiciosa me escorregava nos ouvidos, causando-me um vago mal-estar; não a poderia esquecer.

Nunca imaginara que um homem se dirigisse a outro daquele jeito: desvelo excessivo, uma ternura flácida e trêmula. Só me ocorriam as sílabas ásperas de agradecimento. De fato reconhecia a bondade esquisita, mas era preferível não a receber. Escapava-me a origem dela. A atenção espalhada, a fumar sem descanso, desejava retirar-me. E achava-me ingrato, fazia esforços por descobrir alguma coisa amável para juntar às frases curtas. Logo me distraía ouvindo o rumor das colheres. Defendia-me da repugnância envolto na fumaça do cigarro, e os indivíduos irreconhecíveis tornavam-se mais confusos. Terminaram a refeição, erguemo-nos, lancei uma despedida vaga e maquinal:

– Obrigado. Não, não. Era impossível. Adeus.

Saímos e, em linha, fomos levados ao casarão baixo. A alguns metros da porta uma grade se descerrou, e a fileira pouco a pouco mergulhou nela. O tempo se desperdiçara nas idas e vindas, nas buscas, no refeitório sombrio. Quantas horas? A falta de um relógio me desorientava. Suponho havermo-nos retardado ali, de pé, meio indiferentes, avançando um passo, outro passo, como bichos miúdos a caminhar para uma goela de cobra; mas isto é reminiscência quase a apagar-se, neblina de sonho. Nessa paralisia da vontade os minutos se encolhem ou se alongam desesperadamente. Afinal fui engolido, achei-me num estreito vão, barras negras de ferro em frente e à retaguarda. A esquerda um sujeito de zebra indicou uma cadeira e entrou a desculpar-se: infelizmente era obrigado a tosquiar-me.

– Isso não tem importância – declarei sentando-me, a valise nas pernas.

E o barbeiro iniciou a tarefa, meteu-me nos cabelos uma pequena máquina cega. Verboso, prosseguia nas justificações, pensando causar-me dano; carrasco amável, queria harmonizar-se com a vítima.

A loquacidade me aborrecia; era espantoso imaginarem-me capaz de guardar ali qualquer espécie de vaidade.

– Meu amigo, não se preocupe. Vai muito bem. Continue o seu trabalho.

– Está incomodando muito?

– De forma nenhuma. Vai muito bem.

O infame instrumento arrancava-me os pelos, e isto me dava picadas horríveis no couro cabeludo. A operação findou, ergui-me, passei os dedos no crânio liso, arrepiado na friagem da noite. Diabo. Estávamos no inverno, a cabeleira ia fazer-me falta.

Um burburinho extenso anunciava multidão.

capítulo 11

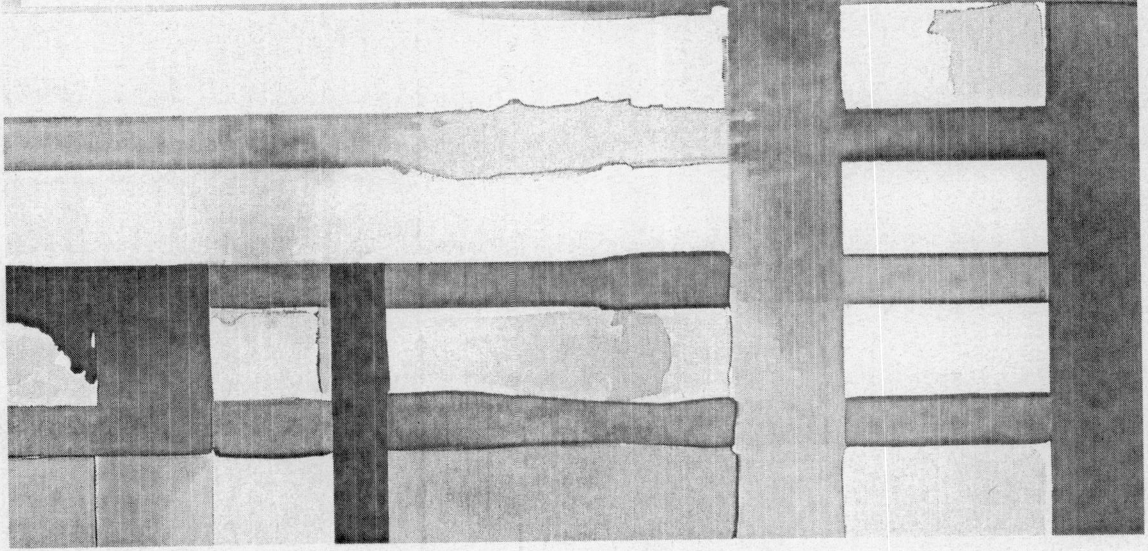

ALGUÉM me chamou, perto, avizinhei-me da grade interior, percebi no outro lado uma figura indistinta. Reconheci-a pela voz mansa, dormente. Depois, habituando os olhos à luz mortiça, divisei as feições de Vanderlino, o moço calmo, vagaroso, que no Pavilhão dos Primários gastara semanas destruindo um cabo de vassoura, talhando peças de xadrez a canivete. Parecia à vontade, como se estivesse em casa, e manifestava um prazer absurdo ao ver-me ali. Ficou um minuto a falar oferecendo qualquer coisa, mas não consegui entendê-lo: a minha atenção fixava-se no lugar sombrio onde ele se achava. Através das barras de ferro uma turba confusa me surgia de chofre, corpos indecisos a mexer-se, em pé, de cócoras, estendidos, espalhando o surdo rumor já notado enquanto me raspavam a cabeça. Nenhuma particularidade, som ou visão, se destacava nessa balbúrdia. Apenas o novelo animado a desdobrar-se no escuro e o burburinho a rolar. Um cheiro desagradável, complexo, indeterminado, provocava tosse.

Abriu-se a porta, avancei, num instante me vi mudado em partícula da massa heterogênea. Achavam-se ali provavelmente os bichos curiosos expostos no relatório de Chermont.

Perdiam-se naquele fervilhar de cortiço a zumbir, e a minha curiosidade minguava no alvoroço. Capotes e redes indicaram-me os companheiros de viagem, num grupo. Haviam entrado antes ou depois de mim? Vanderlino prosseguia na conversa. Levou-me para o centro do galpão, e só aí compreendi a oferta muitas vezes repetida: era-me possível dormir ali. Reuniu a esteira dele à do vizinho e conseguiu arranjar o espaço necessário a três indivíduos. Sentei-me na urdidura gasta de pipiri, fiz da valise travesseiro, pus-me a fumar, não distinguindo bem as palavras de Vanderlino.

Surgiram-me de relance caras já vistas, umas conhecidas, outras duvidosas. Cansava-me fazendo perguntas mudas: "Onde terei visto esse tipo?" A dois passos alguns sujeitos nos examinavam fixos, indiscretos; julguei-os espiões, interessados em descobrir um movimento, ou olhar suspeito, avisar a polícia. Joguei fora a ponta do cigarro, os homens se lançaram sobre ela, empurrando-se. Levantaram-se. A ponta do cigarro tinha desaparecido. Com um estremecimento, recordei-me do aviso do soldado, no pátio; a inesperada vileza dizia claro o valor do fumo na prisão. Desejei distribuir cigarros aos infelizes; acanhei-me, fingi distração, receando vexá-los. Continuaram perto, observando, a rondar.

Chamaram-me da porta; levantei-me, para lá me dirigi, estranhando que alguém já me soubesse o nome; andei lento, fazendo curvas e zigue-zagues, entre as esteiras muito numerosas no chão sem ladrilho. Avizinhei-me da grade, vi além dos varões um rapaz magro, pavoneante na farda nova. Em criança, tinha-me conhecido: era filho de José Plácido. José

Plácido? Tentei lembrar-me. Um sapateiro aleijado das pernas, compadre de meu pai.

– Sei. Morava na Rua do Gurganema. Ainda é vivo?

Estava morto, presumo, e com isto a minha curiosidade terminou. Esse encontro não me deu nenhum contentamento. Plácido moço ficou um instante a encarar-me severo, exibindo superioridade; constrangi-me supondo nele o intuito de acabrunhar-me. Arredou-se, outro soldadinho veio substituí-lo, propondo-se, num cochicho, a servir de intermediário se eu precisasse qualquer coisa do exterior. Realizava-se muito cedo a promessa do sargento. Agradeci. Haveria de precisar, com certeza. Não me comportava de maneira conveniente: a postura e a linguagem violavam as normas. Sem ambages, o anspeçada Aguiar encarregou-se de me explicar isso. Miúdo e teso, surgiu, olhou-me duro, resmungou:

– Cruza os braços, chefe.

Em mudo assombro, devo ter-me conservado longo tempo imóvel, a vista escura, as ideias em fuga, o coração a estalar de raiva e desespero; o ar frio da noite veio outra vez morder-me o couro cabeludo. Ter-me-iam largado aquela frase? Inclinava-me a duvidar, tão inconcebível era, e esforçava-me por admiti-la, conjugá-la a farrapos de notícias, compreender a situação. Achava-me estúpido. Evidentemente as palavras tinham sido proferidas, necessário repetir isto. Surpreendiam-me nelas dois pormenores: o sujeito usava ironia, chamando-me chefe, e tuteava-me. Na surpresa, virei-me para os lados, procurando ver se a ordem singular não se dirigia a outra pessoa. Através da névoa, distingui a pequena distância os óculos do velho Eusébio, capotes, redes, confusas lembranças da semana incômoda. Tolice querer enganar-me: aquela miserável insignificância falava comigo. Por que me espantava? Casos semelhantes me haviam sido várias vezes narrados, causando abalo rápido.

Julgara-os, desatento, fatos possíveis, improváveis. Agora me atordoava, buscando aflito meios para resistir. Nada achei. Dentro de mim ódio impotente, enleio, a carne a inteiriçar-se, arrepios a subir-me o espinhaço, a torturar-me o crânio pelado; fora, trouxas, pacotes, figuras nubladas, os óculos medrosos do velho Eusébio. Inútil pensar em defender-me. Certo a criatura nanica era débil, mas fortificava-se por detrás de barras de ferro, as armas do governo a protegiam, davam-lhe empáfia segura. No desarranjo momentâneo o que mais me impressionou foi sentir-me inteiramente só. Havia em torno um milheiro de homens, com certeza, mas a horrível sensação de isolamento empolgava-me.

Cruzei os braços, aniquilei-me. A vontade sumira-se, o meu corpo infeliz era um conjunto de trapos bambos. Vendo-me assim, vazio e inerte, o anspeçada Aguiar disse-me que as esteiras viriam no dia seguinte; aquela noite dormiríamos na terra nua.

Está bem.

Ia retirar-me, um guarda me deteve com esta decisão incompreensível:

– Na formatura, reúna os seus homens lá no fundo.

– Os meus homens? – gaguejei atarantado.

– Os seus companheiros. Mande que eles formem lá na porta.

Sucumbido, fui apontar aos recrutas o lugar onde nos alinharíamos. Isto me rebaixava mais que a atitude humilde na presença do anspeçada. Um momento me anulara, incapaz da mínima reação, meio cadáver. Pretendiam agora infamar-me, transformar-me em vigia dos meus amigos. O terror me obrigaria a mantê-los na disciplina e, sendo preciso, denunciá-los. Um instrumento dos verdugos enxameantes além da grade. Cabo de turma, com horror senti-me cabo de turma. Chegaria a conseguir bastante vileza para desempenhar esse papel? Enquanto me dirigia ao grupo e indicava a extremidade obscura do galpão, atenazava-me a pergunta ansiosa; e a resposta se esboçava no rosto zombeteiro de João Rocha. O mulatinho parecia felicitar-me com um risinho encolhido e enviava-me espiadelas de soslaio, exibindo respeito burlesco. Patife. Os outros, glaciais, começavam talvez a desprezar-me. Tencionava amparar-me neles, e a dura reserva feria-me, pior que bofetada. Esses desentendimentos originam fundos rancores, ódios, e não nos surpreendemos se uma criatura hoje se inflama a cantar hinos revolucionários e amanhã cochicha pelos cantos, envia cartas à autoridade. Reunindo a custo indecisos fragmentos de energia, julguei-me incapaz de chegar a isso – e a desconfiança tácita flagelava-me. Novamente a solidão me envolveu, aqueles homens se distanciavam, como se ainda estivessem no Rio Grande, no Paraná, terras desconhecidas. Separei-me deles, voltei ao meu pouso, sentei-me na valise; o esquisito abandono pouco a pouco se sumiu. Não valia a pena atormentar-me com a opinião alheia. Era enorme o alojamento, sem dúvida estava ali um milheiro de pessoas.

Vanderlino me interrompeu cálculos difíceis e apresentou uma delas, rapagão espadaúdo, simpático, o olho vivo, de gavião. Uma curiosa madeixa de cabelos brancos enfeitava-lhe a testa e o lábio superior se erguia, descobrindo os dentes, num sorriso sarcástico. Fisionomia aberta, ar decidido. Admirou-me a franqueza de Vanderlino ao dizer o nome e o ofício da personagem.

– Gaúcho, ladrão, arrombador.

Um insulto. Como se ofendia um homem daquele jeito, cara a cara, sem metáforas? Examinei os dois um instante, reconsiderei. No Pavilhão dos Primários, Vanderlino era um sujeito de excessiva delicadeza; a voz calma não se alteava; nunca melindraria ninguém. E Gaúcho nem de longe parecia injuriar-se. Tinha a aparência de uma ave de rapina. Estendeu-me a garra larga, acocorou-se junto à esteira, pôs-se a conversar naturalmente. Apertando-lhe a mão, declarei ter muito prazer em conhecê-lo. Tinha. Não era apenas curiosidade. Finda a surpresa, confessei a mim mesmo que poderia tornar-me sem esforço amigo do ladrão. A firmeza, a ausência de hipocrisia, a coragem de afirmar, tudo revelava um caráter. Lembrava-me dos modos esquivos dos meus companheiros, da malícia estulta de João Rocha. Bem. Cortavam-me várias amarras, vidas estranhas iam patentear-se no formigueiro em rebuliço. Dos rápidos minutos desse encontro apenas resta o bom efeito causado pelo tipo anormal. Gaúcho falava gíria, de quando em quando me obrigava a interrompê-lo:

— Que significa escrunchante?

Escrunchante? Ora essa! O lunfa que trabalha no escruncho, quer dizer, no arrombamento. Era a profissão dele. Súbito a palestra morreu.

— Formatura geral — gritou um negro lá da porta.

Deslocaram-se com rumor os objetos espalhados no solo, uma nuvem de poeira toldou as luzes escassas, toda a gente se moveu, organizaram-se à pressa numerosas filas. A minha, ao fundo, era a mais curta e algum tempo ficou acéfala. De repente, mandaram-me sair de forma e achei-me em frente aos dezesseis homens firmes, direitos, de braços cruzados. Cabo de turma, realizava-se a previsão funesta. Mas não me conservaria no miserável cargo: era-me impossível fiscalizar os outros; naquele instante cerrava as pálpebras, ignorava os acontecimentos em redor. Uma voz longínqua chegava-me aos ouvidos, a cantar números, e nem me ocorria perguntar a mim mesmo a significação deles. Abrindo os olhos, convencia-me da existência de vultos indecisos a transitar para cima, para baixo, certamente fazendo a contagem. E desgostava-me enxergar a careta manhosa de João Rocha. Tirou-me desse enleio um forte barulho.

Despertei, vi a dois passos um soldado cafuzo a sacudir violentamente o primeiro sujeito da fila vizinha. Muxicões terríveis. A mão esquerda, segura à roupa de zebra, arrastou o paciente desconchavado, o punho direito malhou-o com fúria na cara e no peito. A fisionomia do agressor estampava cólera bestial; não me lembro de focinho tão repulsivo, espuma nos beiços grossos, os bugalhos duas postas de sangue. Os músculos rijos cresciam no exercício, mostrando imenso vigor. Presa e inerme, a vítima era um boneco a desconjuntar-se: nenhuma defesa, nem sequer o gesto maquinal de proteger alguma parte mais sensível. Foi atirada ao chão, e o enorme bruto pôs-se a dar-lhe pontapés. Longo tempo as biqueiras dos sapatos golpearam rijo as costelas e o crânio pelado. Cansaram-se enfim desse jogo, o cafuzo parou, deu as costas pisando forte, soprando com ruído, a consumir uns restos de furor. O corpo estragado conservou-se imóvel. Estremeceu, devagar foi-se elevando, aguentou-se nas pernas bambas, mexeu-se a custo e empertigou-se na fileira, os braços cruzados, impassíveis.

Todos em roda estavam assim, firmes, de braços cruzados, impassíveis.

Nenhum sinal de protesto, ao menos de compaixão. Também me comportara com essa horrível indiferença, como se assistisse a uma cena comum. Éramos frangalhos; éramos fontes secas; éramos desgraçados egoísmos cheios de pavor. Tinham-nos reduzido a isso. Qual a razão daquela ferocidade? A cabeça fervia-me; as dores no pé da barriga tornavam difícil a posição vertical: debalde tentava aprumar-me, inclinava-me para a direita. Precisava descansar. Já nem me importava saber a causa da sevícia imprevista. Falta ligeira: algum descuido, gesto involuntário, cochicho a perturbar o silêncio. Estávamos reduzidos àquilo. Derreava-me tanto que julguei perder o equilíbrio, estender-me na terra.

O cafuzo viria levantar-me com a biqueira do sapato. Estávamos reduzidos a isso.

Não sei quanto durou o suplício. Debandamos, houve uma lufa-lufa no arranjo das camas. Andei a capengar na multidão, em busca de Vanderlino. Alcancei a nesga de esteira, pude sentar-me, fumar. Os sucessos do longo dia misturavam-se, pesavam demais. Impossível dizer qualquer coisa. Estirei-me, caí num sono de pedra.

capítulo 12

UM toque de corneta ergueu-me, e ouvi o grito da véspera:

– Formatura geral.

Ainda quase a dormir, vi-me arrastado pela multidão que fervilhava com rumor, dobrando cobertas, enrolando esteiras. Andei à toa, maquinal, ignorando o motivo da agitação; acordei, a memória funcionou, o grito adquiriu sentido. Pela primeira vez me sucedia levantar-me durante o sono e despertar caminhando. Lá fora havia trevas. Por que nos vinham perturbar tão cedo, roubar-nos alguns minutos de repouso? Essa pergunta inexequível juntava-se a outra, formulada com certeza no meio da confusão: onde me deveria colocar? Os meus companheiros de viagem sumiam-se dispersos, eram fragmentos na balbúrdia.

Novamente cantaram números, uma longa tabuada. Na inconsciência e na atarantação, achei-me numa fila, não longe da porta. Felizmente ocupava o quarto ou quinto lugar, podia ocultar-me, não ver a tromba e os olhos vermelhos do soldado cafuzo que tanto me havia perturbado na véspera.

Dois ou três passos atrás de mim, o velho Eusébio se aniquilava, e alguns capotes na vizinhança indicaram-me a dissolução do nosso grupo. Isto me sossegou, vi-me livre do humilhante dever imposto horas antes. Não me deixariam no cargo infame, decerto, mas surpreendeu-me notarem tão depressa a minha incapacidade. Bem. Ia tornar-me invisível, acabaria acostumando-me à vida no formigueiro.

— Já estão na bagunça! — exclamou alguém com estridência arrepiada.

Virei-me, enxerguei um tipinho de farda branca, de gorro branco, a passear em frente às linhas estateladas. Era vesgo e tinha um braço menor que o outro, suponho. Não me seria possível afirmar, foi impressão momentânea. Um sujeito miúdo, estrábico e manco a compensar todas as deficiências com uma arenga enérgica, em termos que me arrisco a reproduzir, sem receio de enganar-me. Um bichinho aleijado e branco, de farda branca e gorro certinho, redondo. Parecia ter uma banda morta. O discurso, incisivo e rápido, com certeza se dirigia aos recém-chegados:

— Aqui não há direito. Escutem. Nenhum direito. Quem foi grande esqueça-se disto. Aqui não há grandes. Tudo igual. Os que têm protetores ficam lá fora. Atenção. Vocês não vêm corrigir-se, estão ouvindo? Não vêm corrigir-se: vêm morrer.

Embora não me restasse ilusão, a franqueza nua abalou-me: sem papas na língua, suprimiam-nos de chofre qualquer direito e anunciavam friamente o desígnio de matar-nos. Singular. Constituíamos uma sociedade numerosa, e não tínhamos nenhum direito, nem ao menos o direito de viver. Esquisita afirmação. Várias pessoas estavam ali sem processo, algumas deviam quebrar a cabeça a indagar porque as tratavam daquele jeito; não havia julgamento e expunham claro o desejo de assassiná-las. Não nos faziam ameaça vã, como notei depois. Atanazavam-me as palavras do caolho: todos iguais, nenhum direito, os soldados podiam jogar-nos impunemente no chão, rolar-nos a pontapés. E finar-nos-íamos devagar. Isso me trouxe ao pensamento a brandura dos nossos costumes, a índole pacífica nacional apregoada por sujeitos de má-fé ou idiotas. Em vez de meter-nos em forno crematório, iam destruir-nos pouco a pouco. Certamente era absurdo responsabilizar o Brasil, quarenta milhões de habitantes, pela sentença do zarolho. Ali dentro haveria criaturas bem intencionadas, mas não nos valeriam muito na engrenagem que nos agarrava. Lembrei-me do sargento, da voz morna a gemer um conselho brando, no escuro. Não podia alimentar-me, e esses propósitos generosos deixavam firme a revelação dura: "Vêm morrer." Sem dúvida. Quando chegaria a minha morte? Embora a julgasse próxima, de nenhum modo me desgostava.

Amanhecia. Uma das paredes laterais do galpão fechava-se, inteiriça; havia na outra janelas altas, inatingíveis: por uma larga porta víamos, através das barras, as cercas de arame. Abriu-se, as filas moveram-se, marcharam, entraram no curral, volveram à esquerda, transpuseram a cancela e, engatadas em linha extensa, ondularam no pátio, sob as árvores de grandes folhas amarelas, dirigindo-se ao refeitório. Andávamos lentos, em fundo silêncio, os braços cruzados. Invadimos a saleta estreita e longa, novamente me achei sentado num banco, as mãos a descansar em tábuas postas sobre cavaletes. Aos lados, em frente, pessoas estranhas; apenas reconheci a figura bamba do velho Eusébio. Importunado pelo cheiro desagradável, acendi um cigarro. A luz da manhã, as pranchas nuas eram horríveis. Em torno, caras macilentas. Chamaram-me a atenção forquilhas de numerosas pontas, arbustos secos feitos cabides, onde se penduravam canecos de lata, formando cachos barulhentos. Homens de zebra mexiam neles, distribuíam rápidos as vasilhas nas mesas. Atentei na minha, suja, enferrujada, a asa cheia de lama, quis mostrá-la ao sujeito que nos servia; moderei-me: impossível reclamar, e todas eram mais ou menos assim. Um tipo de fisionomia repulsiva, manejando enorme bule de folha, vazou nelas uma beberagem turva. Baixei a cabeça, vi um pãozinho redondo sobre a tábua; no líquido frio boiavam cadáveres de moscas. Não percebendo em roda sinal de nojo, tentei vencer a repulsa, mastigar a comida insuficiente. Em vão busquei dividi-la: a massa obstinou-se, pegajosa, mole: tinha a brandura resistente de borracha. Soltei-a, fiquei algum tempo a olhar as moscas mortas. Enfim me decidi: retirei-as, bebi o caneco de água choca. Seria mate? Veio-me a ideia extravagante de que a miserável insipidez era uma infusão de capim seco. Nada me levava a supor isto, mas a ideia permaneceu. O rumor de centenas de corpos em movimento deu sinal de regresso. Ergui-me, saltei o banco, ia enfileirar-me quando um vizinho me bateu no ombro, indicou o pão elástico abandonado sobre a mesa:

— Vai deixar isso?

— Claro.

No rosto do homem havia espanto e censura:

— Guarde. Vai precisar depois.

O enjoo me impedia aceitar o conselho prudente; murmurei a recusa maquinal jogada à noite diante das manchas quase invisíveis num prato invisível:

— Obrigado. Não tenho fome.

O sujeito, rápido, meteu o pão no bolso. Entramos em forma, voltamos, cabisbaixos e de braços cruzados. Houve uma azáfama no alojamento: desfizeram as camas, espalharam-se no curral, estenderam lençóis e esteiras ao sol. Deixei-me arrastar, sem perceber direito porque nos mexíamos, achei-me sentado junto a uma cerca de arame. Lembro-me de ter lançado esta pergunta várias vezes: quantos éramos? As respostas divergiam, mil, novecentos, e obstinava-me na indagação, como se tivesse grande interesse em fixar o número exato. Convenci-me enfim de que éramos novecentas pessoas; a curiosidade esfriou e derramou-se.

Na leve neblina da manhã, uma sombra vermelha passou perto de mim; atentei nela, distingui nos ombros de um rapaz moreno o poncho revolucionário de Tamanduá. Nas idas e vindas, no interminável borbulhar de espuma, os objetos deslocavam-se, em trocas, em ofertas. Surpreendeu-me ver muitos indivíduos com as roupas pelo avesso, os bolsos para dentro. Era desnecessário explicarem-me a razão dessa cautela: a singular sociedade permitia o furto e resguardava-se, nem sequer fingia dissimular os receios. Talvez o rapaz moreno houvesse abafado o poncho rubro.

Novecentos homens num curral de arame. Pensei na estridência, nos arrepios de Tamanduá: "Bichos, vivíamos como bichos." A grade tinha ficado aberta. Além dela passavam criaturas meio nuas, varrendo a prisão. Que nome tinham as plantas esguias do monte próximo? Novo esclarecimento me chegou: piteiras. Bem. O guarda vesgo de roupa branca se excedera: ainda me restava o direito de informar-me. Estavam ali novecentas pessoas e as árvores finas se chamavam piteiras.

Vi organizarem-se as filas do trabalho e incorporei-me numa, ao acaso: mandar-me-iam com certeza carregar tijolos, pois me faltava habilidade para o serviço na horta ou na cozinha. No transporte de tijolos, ocupava-se a maioria dos presos. Avizinhamo-nos pouco a pouco de um tenente de polícia, alto, de beiço rachado, que fazia a distribuição O companheiro da retaguarda sussurrou-me a alcunha dessa figura: Bicicleta. Procurei o motivo do apelido curioso, nada vi semelhante ao objeto da comparação: um homem atento, grave, de rosto inexpressivo. Ao chegar a minha vez, examinou-me de relance e determinou conciso:

— Volte.

— Por quê? — murmurei atrapalhado, esquecendo o lugar onde me achava.

— Está doente.

— Não. Estou bem — respondi à toa, vexado com a exclusão.

Seria uma preferência injustificável? Bicicleta passou-me o rabo do olho e insistiu:

— Volte.

Saí da fila, dei as costas, de novo me sentei ao pé da cerca, apoiando-me numa estaca. A minha fraqueza era então visível, julgavam-me incapaz de resistir ao peso de três tijolos. Não me sentia tão combalido, apesar de mexer-me a custo, e afligia-me o pensamento de lesar Vanderlino, os homens do Paraná e do Rio Grande, enviados em turmas. A exceção me envergonhava: tinha aparência de favor, e isto era desagradável. Algumas palavras em conversa ligeira dissiparam-me os escrúpulos.

— Que idade tem o senhor? — perguntou-me alguém.

Veio-me o desejo de conhecer o meu aspecto:

— Calcule.

— Sessenta e cinco anos — disse o interlocutor sem vacilar.

— Por aí, pouco mais ou menos — concordei num abatimento profundo.

Sessenta e cinco anos. Andava em quarenta e três, quarenta e três e meses.

Atribuíam-me sessenta e cinco. Essa carga de vinte e dois anos explicava a recusa do oficial: "Está doente. Volte." Uma espiada de través e a decisão: "Volte." À noite, o anspeçada Aguiar, vendo-me curvo, a arrimar-me à parede, tinha-me oferecido uma cadeira. Percebia agora porque me haviam mandado reunir os novatos no fim do alojamento a velhice me permitia essa infeliz vantagem. Mas achava-me tão bambo, tão murcho, que me deixavam logo em sossego. Uma ruína, imprestável, nem servia para carregar tijolos. Para bem dizer, o estômago desaparecera; a dormência da perna alcançava o joelho; as ferroadas no pé da barriga não cessavam. As dores, o torpor e o vácuo não me pareciam, contudo, sintomas graves, e espantava-me sabê-los perceptíveis. Sessenta e cinco anos. Se pudesse ver-me num espelho, notaria medonhos estragos, devastação. O guarda manco e vesgo afirmara: "Aqui não vêm corrigir-se. Vêm morrer." Certamente. Era assombroso, porém, aquilo realizar-se tão depressa. A morte se aproximava, surrupiava-me de chofre vinte e dois anos; o resto iria sumir-se, evaporar-se.

Antes de saber isso, distraía-me buscando articular frases e gestos, olhando os montes e as piteiras a emergir da luz e da bruma, o pátio claro, as árvores douradas. Num instante, a curiosidade amortecia. O poncho vermelho de Tamanduá voejava perto, dava ao rapaz moreno uma vaga feição de ave provocadora, a bater as asas agoureiras. Já não me interessava descobrir se ele estava ali por compra ou furto. As dores no ventre e o torpor na coxa avivaram-se. Incrível: tinham notado isso melhor que eu. Devia achar-me, na verdade, muito doente. A luz ruim dos cubículos do Pavilhão debilitara-me a vista: para ler, era-me preciso afastar o livro, esforçando-me por conter a dança caprichosa das letras. E havia também a estranha insensibilidade, o desaparecimento repentino dos desejos sexuais. Todos os sentidos esmoreciam. Velho.

A decrepitude me agravaria as macacoas se a sentença do guarda não fosse realizar-se. Quando seria? Onde iriam enterrar-me? Dentro de uma semana, alta madrugada, os faxinas me levariam para um cemitério pequeno e lá me deixariam, anônimo. Depois, o silêncio. Uma semana de jejuar. O organismo achacado não resistiria mais. Sessenta e cinco anos. Na véspera, coxeando nas ladeiras, era-me impossível imaginar tal coisa. Gente mais ou menos válida tinha saído para o trabalho, e no curral se desmoronava o rebotalho da prisão, tipos sombrios, lentos, aquecendo-se ao sol, catando bichos miúdos. Os males interiores refletiam-se nas caras lívidas, escaveiradas. E os externos expunham-se claros, feridas horríveis. Homens de calças arregaçadas exibiam as pernas cobertas de algodão negro, purulento. As muçuranas haviam causado esses destroços, e em vão queriam dar cabo delas.

Na imensa porcaria, os infames piolhos entravam nas carnes, as chagas alastravam-se, não havia meio de reduzir a praga. Deficiência de tratamento, nenhuma higiene, quatro ou seis chuveiros para novecentos indivíduos. Enfim, não nos enganavam. Estávamos ali para morrer.

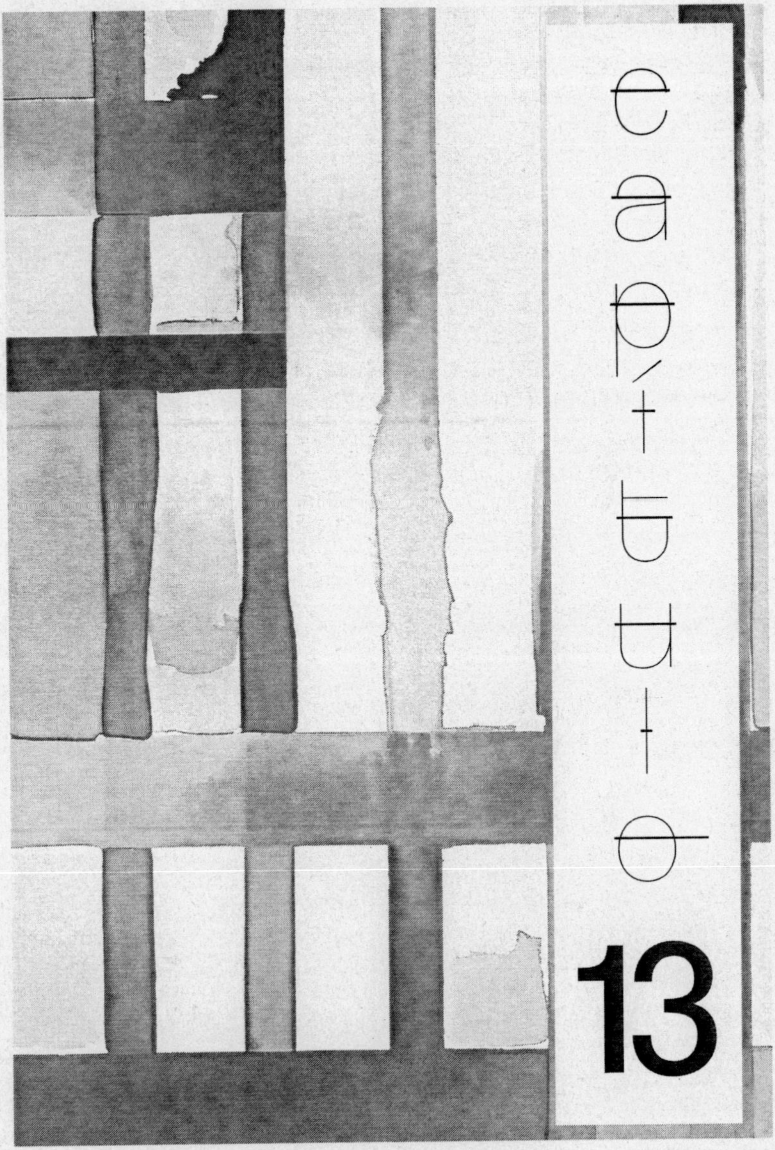

capítulo 13

RECOLHERAM-NOS, fecharam a grade, fomos arriar pelos cantos as nossas morrinhas. Tinham espalhado no galpão uma camada espessa de areia, e quando entramos, acabavam de jogar nela baldes de água. Supus nisso um desígnio perverso: obrigavam-nos a descansar no chão molhado. Reconsiderei: talvez quisessem apenas reduzir, pelo menos algumas horas, a poeira sufocante. Recebi uma esteira nova e curta. Estendi-a no chão, perto do lugar onde me havia estabelecido na véspera. Sentei-me, abri a valise, receoso de algum furto durante a ausência. Tudo em ordem, meias, cuecas, lenços, uma toalha miúda, a provisão de cigarros e fósforos. Ainda nenhum furto, mas era conveniente não separar-me dos troços: as roupas vestidas pelo avesso anulavam tristezas, davam-me desejo de rir e sugeriam-me cautela. Um grito e um aceno levantaram-me, aproximaram-me do negro que fizera a chamada e ordenara a organização das filas.

– O seu número é 35.35, anunciou.

Fiquei um momento absorto, pouco a pouco me inteirei da supressão do meu nome, substituído por quatro algarismos.

– 35.35, não se esqueça.

– Está bem.

Nada mais ouvindo, afastei-me e colhi informações. Não sei porque o sujeito me impressionara. Chamava-se Cubano, tinha este apelido. Em geral, se usavam pseudônimos naquele meio: Gaúcho, Paulista, Paraíba, Moleque Quatro. Cubano dispunha de autoridade enorme. Na falta dos guardas ou do anspeçada Aguiar, mandava e desmandava; submetia-nos a disciplina rigorosa e uma denúncia dele trazia os castigos mais duros a qualquer um. Ao chegar a primeira leva, esse vasto poder se confiara a Moleque Quatro, mas a enérgica personagem, forte na capoeira e no samba, não dera conta do recado e em pouco tempo se degradava no transporte das vigas, um tormento. Cubano aguentava-se no papel de cão de fila. Era um sujeito de meia altura, encorpado, grave, de fala macia. O cocuruto principiava a desnudar-se, ia tomando feição de tonsura. Caminhando, movia-se todo, para um lado, para outro, como se as juntas não funcionassem bem. Essa maneira de andar, reumática, dava-lhe jeito de boneco e de longe o tornava reconhecível pelas costas. Naquela manhã apenas me disse e repetiu o número do batismo: 35.35. Ou 33.35, não me lembro direito. Recordo-me dos algarismos, extinguiu-se a disposição deles. Extinguiu-se de chofre: ao deitar-me na esteira, já se baralhavam, apesar do aviso: "Não se esqueça." Na chamada seguinte, Cubano berrou o número muitas vezes, debalde; convenceu-se depois de que me era impossível tê-lo de cor e deixou de mencioná-lo.

– Formatura geral.

Agitação de carneiros, entrada ruidosa nas filas. Estive alguns minutos de pé, aguardando a causa do movimento. O cochicho de um guarda, e voltamos aos nossos lugares. Novamente a exigência de Cubano:

– Formatura geral.

E o tropel de bichos mansos na areia molhada. Ordem para debandar, regresso às esteiras, às camas, às tábuas juntas ao fundo. Terceiro chamado, quarto, quinto. Havia tábuas e camas, perto das paredes; não as notei a princípio, e na barafunda perdiam-se; mais tarde consegui atentar nelas. Os homens do trabalho foram chegando, sujos de pó vermelho, suarentos. Cerca de meio-dia, saímos do galpão, outra vez nos dirigimos ao refeitório. Vi-me sentado entre as figuras vagamente percebidas pela manhã. À direita enxerguei o rapaz que havia metido o pão no bolso. Colheres e pratos de folhas tiniram, chocando-se na distribuição, e logo veio a comida: feijão negro, farinha, um pedaço de carne. Uma insignificância, ninguém podia alimentar-se com tão pouco.

Mas o que me assombrava era o aspecto da boia. Horrorizei-me, pensando em vômito, em lata de lixo. Afirmando a mim mesmo ser impossível um estômago suportar aquilo; observava o contrário, numerosas pessoas devorando sôfregas, insensíveis à porcaria e ao cheiro teimoso de podridão. O olfato, o paladar e a vista acomodavam-se às circunstâncias. E havia um clamor surdo. Evidentemente não se abalançariam a pedir qualquer coisa. Mas achavam-se esfomeados, novecentos indivíduos esfomeados a procurar migalhas nos pratos vazios. Gestos aflitos, desespero nos rostos, um sussurro a aumentar, queixa longa. Não os inquietava a qualidade: atormentava-os a insuficiência da refeição torpe. Em redor de mim tudo se consumira, e obstinava-me a chupar o cigarro, olhando a infame ração. Na farinha escura havia excremento de rato. Apesar da náusea, parecia-me necessário comer, retardar a previsão do guarda zarolho. Chegaria afinal a habituar-me, como os outros, conseguiria vencer o enorme enjoo, matar a sensibilidade. Fiz um tremendo esforço, meti na boca uma colher de feijão, engoli rápido. Um gosto horrível deu-me tremuras. Percebendo-me as contrações, um vizinho me segredou que deitavam potassa no feijão para cozinhá-lo depressa. Atordoado, recusei-me a aceitar a informação. Depois caí em desânimo profundo, continuei a fumar, os cotovelos na prancha, num desfalecimento, as pálpebras cerradas. Não havia meio de evitar o medonho vaticínio do zarolho.

Tocaram-me o ombro direito, saí da inércia, notei um pedido faminto na cara do homem que havia metido o pão no bolso. Compreendeu-me a renúncia muda, agarrou ávido o prato, deixou-o limpo num instante. A educação desaparecera completamente, sumiam-se os últimos resquícios de compostura, e os infelizes procediam como selvagens. Na verdade, éramos selvagens. Esgotou-se o tempo, buscamos os nossos lugares, pusemo-nos em marcha; o zumbido lamentoso decresceu e findou na extensa linha resignada e lenta. A viagem curta esfalfou-me. Entrando no galpão, deitei-me e adormeci logo. O berro de Cubano despertou-me:

— Formatura geral.

Com certeza aquilo iria prolongar-se indefinidamente, não nos deixariam em sossego. Queriam apenas isto: mexer-nos, obrigar-nos à correria estúpida. Um sono pesado amortecia me as dores agravadas ultimamente, e à ordem, sempre renovada, movia-me como sonâmbulo, procurando adivinhar se estava muito longe o toque de silêncio. A princípio molhávamos os sapatos; mas a terra secou e depois do almoço uma nuvem de poeira se erguia à contínua deslocação. Atenuava se um pouco, engrossava, e mergulhados nela respirávamos com dificuldade e tossíamos. Ergui-me trinta vezes e andei como barata, da fila para a esteira, da esteira para a fila. As ideias baralhavam-se em confusão doida, um torvelinho; diluíam-se pensamento e vontade, a consciência falhava.

Tentando agarrar-me a qualquer coisa, absorvia-me na contagem mecânica dos exercícios inúteis.

– Formatura geral.

Trinta vezes. Em seguida perdi a conta. E os sucessos em roda esmoreceram, findaram. A tardinha me achei na sala comprida, em frente do jantar, mas ignoro, como cheguei, como saí. A repugnância havia desaparecido. Insensível. Nem vi quando o vizinho me retirou o prato imundo. Sei que fez isso porque assim procedeu vários dias. Não me lembro. As vozes abafadas, o rumor das colheres, o cheiro nauseabundo, a comida nojenta, as pranchas negras apagavam-se. Julgo haver dormido. Novamente no galpão.

– Formatura geral.

A revista, a enfadonha cantilena dos números, os guardas examinando as fileiras imóveis, os olhos sangrentos e maus do cafuzo, a investigar culpas. Noite. Irradiava-se por todas as lâmpadas uma luzinha baça, os cantos do galpão mergulhavam na sombra. Debandamos, cessaram as chamadas e o burburinho espalhou-se.

Estendi-me na esteira, a arquejar, descoberto, sem ânimo de abrir a valise, retirar alguns panos, envolver a cabeça nua, defendê-la do ar frio. À esquerda, Vanderlino tentou puxar conversa. Não respondi, seria preciso demasiado esforço para entendê-lo E o solilóquio do vizinho morreu. À direita, um homem se acocorou. Distingui o riso irônico e a mancha de cabelos brancos de Gaúcho, o arrombador, que me havia entretido na véspera. Seria bom conhecê-lo. Se não fosse a enorme fadiga, distrair-me-ia ouvindo o rapaz, buscaria sondar os pensamentos e os sentimentos de um ladrão, mas a curiosidade arrefecia, os músculos frouxos recusavam-se a gesticular, as pálpebras caíam e apenas me era possível enxergar a esquisita madeixa, o curioso ricto amável e sarcástico, nos membros e no peito marcas de tatuagens.

capítulo 14

VEIO a ordem de silêncio e os corpos estenderam--se. Mas não ficaram em repouso e o silêncio era impossível. Findo o rumor tumultuário das conversas, formaturas, chamadas, combinações, rixas, avultava um ruído complexo feito de tosses, ofegos, arrotos, borborigmos, ventosidades fraga, rosas. O barulho dos ventres não me deixou descansar, estrondo cavo, ininterrupto. Ao cair na esteira, achava-me tão bambo que nem conseguia entender Vanderlino e Gaúcho. A fadiga permanecia, os olhos fechavam-se. Desejo imenso de dormir. Na véspera, tombara no chão como pedra, e as coisas em redor tinham desaparecido num instante. Agora o sono vinha, fugia. As vezes, embrenhava-me em agoniada modorra, e logo um sobressalto me sacudia. "Está doente.", "Que idade tem o senhor?", "Calcule.", "Sessenta e cinco anos."

Essas palavras me perseguiam. Na verdade, o tenente Bicicleta devia ter razão. Um frio terrível, frio de maleita, a carne a eriçar-se, os dentes a ranger sem descontinuar. Haveria por ali um termômetro? Com certeza não era o contínuo rolar do ignóbil trovão que me causava a insônia. Durante o dia quase me imbecilizara na agitação maquinal, os queixos desgovernavam-se em bocejos, a morrinha alquebrava-me e uma neblina me envolvera no refeitório. Desejava, com desespero, o esquecimento e a imobilidade. E na hora de aquietar-me, lá vinham as pontas de alfinetes impedir-me o sossego. Julguei-me intoxicado pela colher de feijão engolida no almoço. Não era senão isso. Abreviara a sentença do guarda zarolho, querendo afastá-la. Marasmos curtos, estremecimentos. Os roncos medonhos das tripas enchiam a noite, secretas necessidades orgânicas a manifestar-se em público. Indignava-me o impudor coletivo, a ausência de respeito mútuo, e queria explicar esse comportamento sujo. Coitados. A miserável boia lhes arrasara as entranhas, vencia melindres, anulava a educação.

As tremuras sacudiam-me, nos beiços queimados o cigarro colava-se. Não aguentei a posição horizontal, sentei-me, enojado, cuspindo. Muitas criaturas velavam também, mexiam-se nas esteiras, gemiam, escarravam na areia, e ouviam-se vozes desconexas, divagações delirantes. Sem cessar vultos se erguiam, deitavam-se; gente se deslocava num vaivém contínuo, aglomerava-se no princípio do alojamento, à direita. A precisão de um mictório chegou-me forte, levantou-me, dirigiu-me àquele ponto. Já me havia achado ali, pela manhã, de volta do curral, mas então o refúgio estava deserto. Agora havia ajuntamento, e o que percebi horrorizou-me. Estaquei indeciso à entrada, com desejo de recuar, mas a bexiga repleta obrigou-me a permanecer no lugar infame. Era uma sala quadrada, o chão de cimento. Pendiam do teto alguns chuveiros, quatro ou seis, e junto a uma parede se alinhava igual número de latrinas, sem vasos, buracos apenas, lavados por frequentes descargas rumorosas.

Em todas, viam-se homens de cócoras, e diante deles estiravam-se filas, esperando a vez, cabisbaixas na humilhação, torcendo-se, a exibir urgências refreadas a custo. Essa mostra indecorosa, a falta da mínima dignidade, encheu-me de vergonha e medo, tolheu-me a ação. Olhei com desespero em redor, procurando ver se não poderia urinar noutra parte. Não, evidentemente, era preciso aviltar-me incorporando-me num dos grupos. Absurdo. Uns restos de pudor fechavam-me os olhos, o quadro inverossímil sumia-se, isento de realidade, penosa visão de pesadelo. A tiritar, a arder, chegava a supor-me enganado pela febre, pedaços de sonho mau a torturar-me. O peso na bexiga impedia-me o regresso.

Encostei-me à ombreira da porta, os braços e as pernas a vacilar, braços e pernas de velho. "Sessenta e cinco anos." A vista arruinada me iludia, e restava-me uma consciência a minguar, consciência débil de sessenta e cinco anos. A necessidade intensa despertou-me. As linhas resignadas mexiam-se lentas. Abeirei-me de uma, entrei; a cena ignóbil dominou-me brutal, invadiu-me os sentidos. Esforçara-me por negá-la, ao menos atenuá-la; apesar da clareza, era um fato novo, inadmissível, qualquer coisa semelhante à aparição de um fantasma. Consequência da febre. Na porta, embalava-me nesta afirmação, a vista baça a espalhar-se no conjunto indeciso, evitando minúcias. Ingressando na fila, esse desgraçado recurso me fugia, o exame impunha-se. Caras macilentas, o suor a escorrer nas barbas crescidas; magrém e sujeira, chagas negras medonhas produzidas pela muçurana; fadiga, nudez mal disfarçada em trapos imundos; gestos de impaciência, inúteis pedidos silenciosos. As pessoas agachadas contorciam-se em longos tenesmos, retardavam-se arfando; limpavam-se em farrapos, lenços, fraldas de camisas, erguiam-se exaustas, e ao cabo de minutos várias iam de novo contrair-se numa cauda de fila.

Passariam a noite a arrastar-se na viagem de alguns metros, nas horríveis estações. Os sucessivos jatos de água lavavam nádegas. Apesar disso, havia filetes de sangue às margens das latrinas, coágulos de sangue. Lembrei-me da informação cruel à hora do almoço. A potassa arruinava intestinos. Arriscara-me a ingerir uma colher de feijão, e apavorava-me submeter àquela ignomínia. Já me submetera, não tinha meio de escapar, e ainda queria iludir-me. Era abjeto achar-me no desfile repugnante, obrigado a ver fisionomias decompostas em desmaio de cólicas.

Não sei que tempo estive a deslocar-me ronceiro. Passos curtos, paradas extensas, os olhos baixos, fingindo não perceber os dolorosos movimentos espasmódicos. Aguardava com dificuldade o momento de aliviar-me e sentia dores vivas na próstata. Afinal pude esvaziar a bexiga, livrar-me da exposição miserável, tornar ao galpão. Tinha sono, mas não consegui dormir. O frio espicaçava-me, os queixos batiam castanholas.

capítulo 15

DE MANHÃ, no curral de arame, achei-me capaz de fixar a atenção, coisa que ainda não conseguira fazer. As minhas observações tinham sido fragmentárias e dispersas, as relações escapavam-me, havia sulcos na memória, fatos de pequena importância avultavam demais. Agora diminuía a perturbação. Tinha febre e uma tossezinha renitente me aperreava, mas as tremuras da noite já não me sacudiam.

Aquecendo-me ao sol, apoiado a uma estaca da cerca, distingui várias pessoas conhecidas: Aristóteles Moura; o português que no Pavilhão dos Primários cantava como galo; França, o padeirinho tuberculoso de riso franzido; Van der Linden, Mário Paiva, Manuel Leal, meus companheiros no porão do *Manaus*. Quando as turmas saíram para o trabalho e a gente inválida se recolheu, distraí-me a reparar na gaiola enorme. Da porta lateral do fundo, corria uma linha de camas de ferro, juntas, as cabeceiras encostadas à parede; nenhum espaço entre elas; faziam ginástica para ocupá-las, galgando as extremidades.

Ausência de colchões. Os forros eram esteiras presas com barbantes. Precaução indispensável: se as deixassem soltas, desapareceriam. Esse exagero de cautela e as roupas vestidas pelo avesso não nos permitiam esquecer o meio onde nos achávamos. Era preciso vigiarmos sem descanso os nossos objetos; não me separava da valise. No muro oposto, havia uma espécie de lavatório. Sempre as torneiras abertas, rumor contínuo de líquido nas pias, tilintar de canecos, chiar de escovas, lavagem de cuecas e lenços, a higiene precária dos tipos que voltavam das latrinas. Na água morna vinha areia, mas não tínhamos outra para beber.

À direita, perto da entrada, alojavam-se as criaturas mais doentes. Em cima de uma tábua, um preto novo gemia grosso e arquejava, pedindo uma injeção de morfina. Perto da grade que dava para o curral, um homem pálido e magro se consumia despejando hemoptises em duas bandas de lençol presas entre as coxas. Esses pedaços de pano agitavam-se como asas feridas; a criatura exangue suava, fechava os olhos e abria a boca, sem fôlego; a esteira da cama estava coberta de manchas vermelhas.

Atentando bem, reconheci o Neves, um sujeito visto meses atrás no Pavilhão dos Primários, cheio de mágoas recalcadas. Parecia um dos indivíduos postos à margem, sem que se perceba claramente a razão disto. Alarga-se e aprofunda-se uma vala em torno deles. Tiveram responsabilidade num organismo revolucionário, mas sentiram-se de chofre envoltos em desconfiança e amofinaram-se no desprestígio. Ignoram quem os acusa; os exames ponderados e as críticas se tornaram impossíveis nas mudanças repentinas de prisão. Alguns sujeitos se reúnem, discutem hoje, e amanhã se avistam de longe noutro lugar. Nem se conhecem direito. Surge uma dúvida sobre qualquer deles, reforça-se, não há meio de verificar se é justa ou injusta.

Escasseiam as informações, truncam-se as notícias, e em vão nos esforçamos por evitar uma credulidade infantil, consequência do isolamento. Vemos um capitão de nariz bicudo a cochichar, supomos que está fazendo uma trança miserável nos cubículos. Notamos desagregação quando ele sai e afirmamos:

– É da polícia.

Mas não temos plena certeza. E os fuxicos brotam, indicam-se numerosos indivíduos suspeitos, denunciados pelo capitão de nariz longo. Afinal já nem conseguimos distinguir amigos de inimigos: o nosso parceiro no xadrez, no *poker*, na literatura, no coletivo, pode ser um agente policial disfarçado em comunista. Fechamo-nos em reserva silenciosa, tudo em redor é inconsistente.

Neves, pelos modos, era uma dessas criaturas ressentidas. No Pavilhão, vivia à parte. E agora se desfazia, derramava os pulmões nos dois pedaços de lençol, na esteira amarrada a barbante. Nenhuma queixa. O suor corria nos sulcos da pele cor de enxofre, os bugalhos sumiam-se nas órbitas profundas, e a caveira estava tão visível como se se expusesse num ossuário. A resignação entrevista meses atrás na fila da comida, à porta de um cubículo. Resignação ou indiferença. Dentro em pouco o Neves iria enterrar-se ao pé de um morro, a família o procuraria em vão – ninguém se lembraria da existência dele.

Van der Linden e Mário Paiva também cuspiam sangue. No porão do *Manaus*, tinham perfeita saúde. Mário Paiva me bebera meia garrafa de aguardente e me chateara em demasia: "*Lobato tinha uma flauta. A flauta era do Lobato.*" Pobre do Van der Linden. Já nesse tempo se isolava, cercado por antipatias contagiosas, vagas censuras encobertas. A velha blusa de mangas curtas exibia os braços finos, as costelas, o peito débil. Outro passageiro do *Manaus*, o *chauffeur* Domício Fernandes, estava nas últimas: perdera a fala e certamente não regressaria ao Nordeste.

No fim do galpão, sobre enormes tábuas, arrumavam-se muitas pessoas. Devia ser ali, distante dos guardas, que se faziam as reuniões clandestinas de que recebi notícia pouco depois. O exame do ambiente desviou-me as ideias negras, a certeza da morte próxima. Via antigos companheiros finarem--se e apegava-me a insensatas esperanças: não me achava como eles. As misérias patentes – gemidos, queixas, vozes dúbias, escarros vermelhos, dispneia – livravam-nos dos perigos incertos que em vão queríamos figurar. "Vêm morrer." Experimentamos um choque. O pior é não saber a gente como vai morrer. Ali no canto da sala enorme, à direita, os nossos receios se limitavam: desapareceríamos daquele jeito, iguais ao Neves, a Domício Fernandes, ao negro ansioso que pedia uma injeção de morfina. Essa perspectiva de nenhum modo era desagradável; tínhamos imaginado torturas, a chama do maçarico devastando carnes, e o consumo lento, a inanição, quase nos surgia como favor.

Provavelmente uso subterfúgios, justifico-me de não haver sentido compaixão excessiva diante dos cadáveres que ainda se mexiam. Os vivos preocupavam-me; ao desespero e ao desânimo sucedia uma intensa curiosidade. Já não me achava obtuso, conseguia refletir.

Esse dia foi menos agitado que o primeiro. A cantiga dos números e as formaturas espaçaram-se, às vezes ficávamos em paz uma hora, encaixando-nos pouco a pouco na rotina da prisão. Horrível era entrar no refeitório, sentar-me num banco, envolver-me na fumaça do cigarro, os cotovelos em cima da prancha, os olhos fechados. O vizinho à direita comia sôfrego, num mastigar enervante, depois me arrebatava o prato imundo. Necessário tapar as narinas; impossível aguentar a vista e o cheiro da coisa sórdida. Novamente no galpão, a fumar, um embrulho no estômago. A curiosidade se extinguira logo, sem dúvida.

capítulo 16

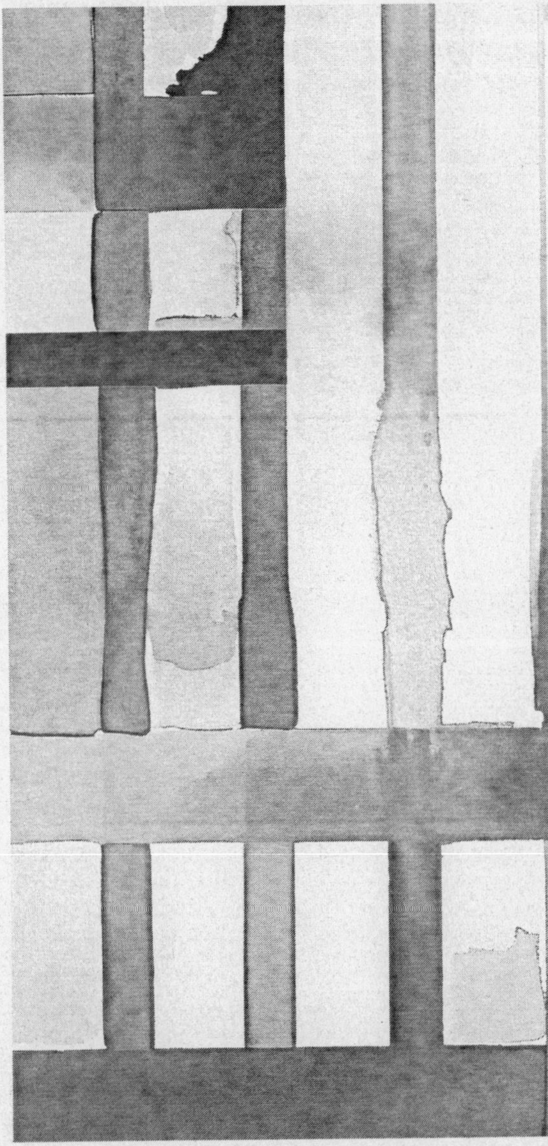

RETIRARAM-NOS do galpão, conduziram-nos a uma sala onde seríamos fichados. O hábito nos enfileirou diante de uma banca, e o responsável por aquele serviço, rapaz de boa aparência, metódico e vagaroso, nos submeteu à praxe enfadonha das inquirições regulamentares. Recém-chegados, calouros, íamos afrontar um longo questionário a desdobrar-se na larga folha amarela, diferente das fichas até então conhecidas.

Vi de longe numerosas linhas de papel extenso, quesitos imprevisíveis que nos encheriam de espanto. Haviam-me citado num deles no Pavilhão dos Primários: "Tem vícios secretos?". O funcionário cuidadoso ali presente, decompondo um dos meus amigos, traduzira a pergunta assim: "É pederasta passivo?". Tinha-me falado nisso meses atrás, e parecera-me inacreditável que alguém tornasse mais cruel e mais grosseira a horrível injúria.

Nordestinos e paranaenses iam-se deslocando pouco a pouco, estacionavam junto à banca, zumbidos monótonos aliavam-se aos cochichos burocráticos.

Estaria o moço a ultrajar Macedo e o velho Eusébio daquele jeito? As vozes esmoreciam como num confessionário, a pena chiava na folha amarela. Dois passos, uma demora comprida. Afinal, percebi a fala engrolada de Zoppo, em frente a mim.

– Com dois *pp*? – indagou o empregado meticuloso, aferrando-se a uma consoante.

– Com dois *pp* – afirmou Zoppo.

– Italiano?

– Filho de italianos.

E as indiscrições da norma estenderam-se num sussurro; palavras soltas perdiam-se. Agucei o ouvido em busca do insulto. Nada ouvi. Findas as declarações, Zoppo desviou-se, foi juntar-se com outros, a um canto. Avizinhei-me. O funcionário passou-me a vista, rápido, e indagou:

– Apendicite?

O rapaz era médico, o hábito profissional se revelava no exame instantâneo.

– Não. Psoíte. Há uma eventração.

– Deixe ver.

Abri a roupa, mostrei o pé da barriga. O homem palpou-me a cicatriz doída:

– Realmente. Se quiser, nós podemos operar isso.

– Aqui, doutor? – gaguejei num sobressalto, metendo os pés pelas mãos. – Obrigado. Não estou com desejo de suicidar-me.

Notei o escorrego na inconveniência, detive-me confuso. O moço ergueu os ombros, sorriu e principiou o interrogatório. Admirei-me de ver um tipo educado sujeitar-se àquele ofício e achei improvável que ele houvesse jogado a horrível ofensa a uma criatura indefesa. Os modos eram corretos, frios, mecânicos; as palavras incisivas, rápidas, indispensáveis. Lançava-me um olhar de través, lia as declarações prestadas, às vezes escrevia duas, três linhas sem fazer perguntas.

Derreando-me capenga, distingui no papel a insolência imunda; a caneta andava muito depressa, num minuto ia alcançá-la. Estúpida exigência. Evidentemente não me seria possível dar nenhuma resposta: se um infeliz tem vícios secretos, não os vai confessar. Resolvi calar-me, embora isto me trouxesse consequências desagradáveis. Não queria admitir que alguém se atribuísse o direito de me falar daquele modo. Sentia-me num enxurro, nivelava-me a ladrões, vagabundos, malandros, escórias das favelas, reduzida a apanhar no chão pontas de cigarros, e, apesar de tudo, achava impossível dizerem-me tal coisa. Talvez dissessem, mas, se me conservasse mudo, provavelmente não insistiriam: sem dificuldade haveriam de compreender que a frase torpe não fora redigida para mim.

A pena alcançou a injúria, suprimiu-a com um risco, desceu uma linha. Procurei os olhos do médico; estava de cabeça baixa e não parecia ter querido ser amável. A áspera delicadeza apenas significava a eliminação de um quesito inútil. Diabo. Não é difícil notar, depois de alguns minutos de conversa, que um indivíduo não é homossexual. E o médico, trabalhando no meio sórdido, conhecia essa gente, sem dúvida. Na linguagem crua, tencionava ser claro, sem rodeios. Julgava enxergar num rosto fugitivos indícios ambíguos e largava a expressão adequada; provavelmente isso não molestaria os indivíduos num lugar onde a inversão sexual era fato comum. O trabalho acabou e despedi-me em silêncio, evitando qualquer sinal de agradecimento: seria idiota agradecer não me haverem ofendido.

Regressando ao alojamento, esforçava-me por não julgar à pressa, investigar a razão de certos atos prejudiciais lá fora, mas talvez indispensáveis ali dentro. Inclinava-me a justificar tudo. Esse exagero de compreensão pode ser funesto, levar-nos a aceitar iniquidades: examinamos as coisas, inertes, e somos incapazes de revolta. Uma impertinência começou a roer-me o espírito: se o médico me houvesse dirigido a infame pergunta, achar-me-ia disposto a analisar-lhe o procedimento, buscar explicações? Retraí-me vexado. Eximira-me pouco antes de fazer um gesto de reconhecimento; agora desculpava o sujeito, e isto me aperreou. A condescendência de um agente policial, a cortesia desdenhosa, às vezes redunda em suborno. Precisamos ter os olhos muito abertos. Caímos numa excessiva desconfiança, somos injustos com pessoas bem intencionadas; não conseguimos divisar os elementos de corrupção que nos cercam. Depois de ter vacilado, a acusar e a defender o médico, a ação de um companheiro de viagem deu-me fúria de cachorro doido. Sumiram-se de chofre as ponderações. Não refleti, achei-me num instante inimigo do homem, irreconciliável. Tínhamos entrado no galpão. Um sujeito do Paraná falou-me risonho, tão risonho que ninguém lhe adivinharia qualquer sentimento ruim:

– Faz favor de me dar um cigarro?

Estendi-lhe o maço. O rapaz tirou um cigarro e deitou-me um níquel de cem réis na mão Sem abarcar direito a mesquinharia estúpida, senti uma onda quente subir-me ao rosto. Logo o frio me envolveu. Súbita explosão e blocos de gelo a desmoronar-se. Revi o porão da lancha. O meu paletó se abria em cima das tábuas, e o fumo comprado em Mangaratiba estava ao alcance das figuras piongas, de cócoras. Não se lembravam de pedir. Serviam-se naturalmente. No Abraão, viera-me o plano de contrabandear cinquenta maços obtidos numa bodega; ocultos em bolsos de capotes e dobras de redes, vários se tinham extraviado no caminho. Não me ocorrera a sovinice de contá-los; seria miserável ter dúvidas, naturalmente haviam caído; as explicações me atrapalhavam. O meu gesto deve ter sido instantâneo, não dei tempo ao sujeito de riscar um fósforo. Tomei-lhe o cigarro, sacudi-o no chão, com a moeda. O sorrisinho encolheu-se e findou nos beiços odiosos. Voltei as costas. E nunca mais pude olhar essa criatura.

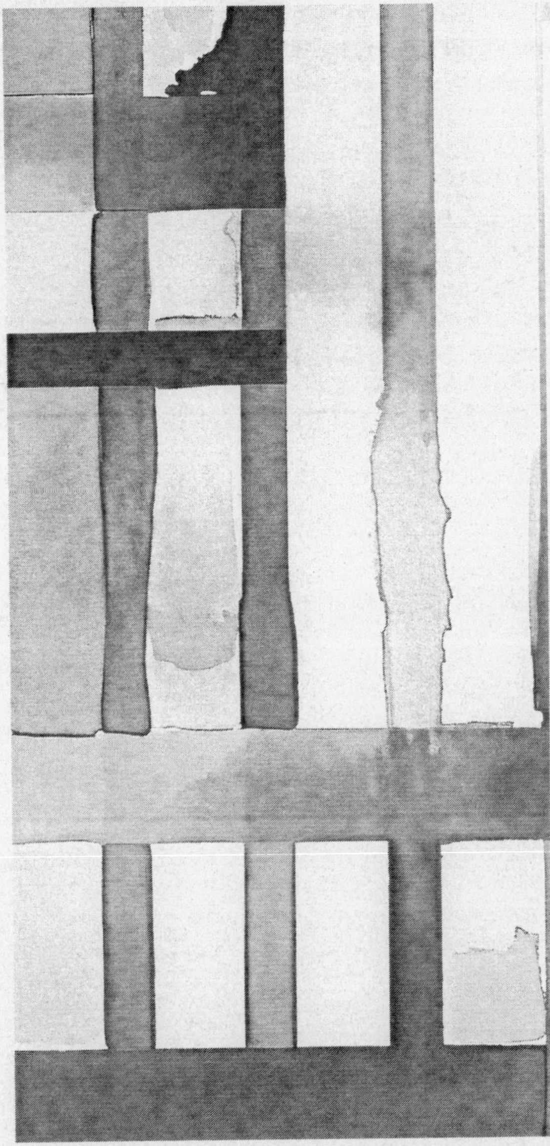

capítulo 17

GAÚCHO começou a procurar-me. À noite, acocorava-se junto à minha esteira, ficava até a hora do silêncio a entreter-me com a narração das suas complicadas aventuras. Esforçava-me por entendê-lo, às vezes o interrompia buscando compreender alguma expressão de gíria. Vanderlino trocava-me em linguagem comum a prosa obscura, e na ausência dele a conversa arrastava-se, cheia de equívocos e repetições.

— Os homens — dizia Gaúcho —, dividem-se em duas classes: malandros e otários, e os malandros nasceram para engrupir os otários.

Ria-me com a franqueza do meu esquisito amigo:

— Eu, naturalmente, devo figurar na categoria dos otários, não é verdade?

— Se vossa mercê não é malandro... Só há duas classes.

Logo no segundo ou terceiro encontro, o arrombador me fez esta observação curiosa:

— Vossa mercê usa panos mornos comigo, parece que tem receio de me ofender. Não precisa ter receio, não; diga tudo: eu sou ladrão.

— Sim, sim — retruquei vexado. — Mas isso muda. Lá fora você pode achar ofício menos perigoso.

— Não, senhor, nunca tive intenção de arranjar outro ofício, que não sei nada. Só sei roubar, muito mal: sou um ladrão porco.

Diversos profissionais corroboravam esse juízo severo, ostentavam desprezo à modesta criatura. Eram, em geral, vaidosos em excesso, fingiam possuir qualidades extraordinárias e técnica superior. Tentavam enganar-nos, talvez enganar-se, mentiam, queriam dar a impressão de realizar trabalho perfeito. Não se misturavam com os indivíduos comuns, e o natural expansivo do escrunchante exasperava-os. Obtive lápis, papel, comecei de novo a tomar notas, embora fosse quase certo jogá-las fora.

— Ó Gaúcho — perguntei —; você sabe que eu tenho interesse em ouvir as suas histórias?

— Sei. Vossa mercê vai me botar num livro.

— Quer que mude seu nome?

— Mudar? Por quê? Eu queria que saísse o meu retrato.

Logo se esquivava, humilde, engrandecia os talentos de alguns companheiros:

— Mas vossa mercê está perdendo o seu tempo comigo. Eu sou um vira-lata. O pouquinho que faço, aprendi com minha mulher, que é uma rata de valor: trinta e duas entradas na Casa de Detenção. Aqui vossa mercê encontra muitos homens sabidos. Conhece Paraíba? Paraíba tem cabeça, é um vigarista de respeito. E seu Nunes? Moço de qualidade. Procure Marcelle, o maior de todos, escroque internacional. Vossa mercê fala com ele numa língua estrangeira, que Marcelle não sabe português nem entende a nossa gíria.

Já me havia detido no exame desses tipos. Paraíba era um mulato pretensioso, cheio de lábias e sorrisos; gestos brandos, voz dulçurosa. Nunes, uma besta, vivia a mencionar a importância da família. Achava-se ali por engano, e qualquer dia os parentes, com influência no governo, mandariam buscá-lo. Um idiota. Não me disseram como se chamava o terceiro indivíduo. Tinha no peito o nome de Marcelle, em tatuagem magnífica, e daí lhe viera essa alcunha feminina. Só uma vez me aproximei dele. Vestia um calção de banho, tinha-se fatigado a carregar tijolos. Estendeu-se na areia, as mãos debaixo da cabeça, esteve alguns minutos olhando o teto. Virou-se, descobriu perto um grupo e indagou lento, carregado e gutural:

– Como é que se vai fugir daqui?

Fingiram não ouvi-lo, o homem renovou a pergunta usando as mesmas palavras, como se as tivesse de cor:

– Digam. Como é que se vai fugir daqui?

– Provocação – rosnou um sujeito.

E o grupo dissolveu-se.

– Covardes – grunhiu Marcelle.

Voltou-se, continuou de barriga para o ar, olhando o teto. Vivíamos entre delatores, um vagabundo estava ali de orelha à escuta e levaria a imprudência ao tenente Bicicleta. Provável. Também podíamos julgar Marcelle um espião: largara a frase para sentir o efeito dela e denunciar alguém. A prudência fechava as bocas. Nesse meio fecundo em ciladas, a confiança de Gaúcho me sensibilizava.

– Seu Nunes me fez hoje uma proposta, e eu estou pensando em topar esse negócio quando sair daqui. São quarenta contos de joias para dividir com seu Nunes: metade para cada um. Ele me dá a planta da casa e eu entro de olhos fechados. Que é que o senhor acha?

Não podia deixar de rir-me ouvindo semelhante consulta. Depois me interessava pelas transações do meu novo amigo, temia um fracasso e arriscava-me a dar-lhe conselhos:

— Eu, no seu caso, não aceitava. Nunes é um imbecil. Por que é que você não trabalha só? Que precisão tem de sócios?

O escrunchante ponderou e, se não me engano, a oferta de Nunes foi recusada. À noite, Gaúcho ficava uma hora de cócoras, junto à minha esteira, a divagar por numerosas aventuras. A posição incômoda não o fatigava. Queria instruir-me e ambicionava ler tudo aquilo impresso.

— Vou comprar esse livro. Quanto custa?

Erguia-se, tentava reanimar Paulista, criatura arrasada, um molambo:

— Se vire, homem, tenha coragem. Desse jeito você endoidece.

Paulista ouvia sem nenhuma reação, a cara inerte, os braços caídos, a aguentar-se mal nas pernas bambas, a boca entreaberta, quase sem fôlego, murcho, pálido como um defunto. França andava a empurrar ideias revolucionárias no espírito rombo desse infeliz, e a aprovação tácita, a passividade, a falta de resistência davam-lhe esperanças absurdas. A teimosia cega do padeiro alarmava-me. Aquela gente estava perdida, sem esforço víamos isto.

— Se vire — insistia o ladrão.

Voltava a agachar-se ao pé da esteira:

— Não sei como certas pessoas se metem nesta vida. Eu tive um aprendiz assim, não dava. Foi um pivete muito ordinário, e quando cresceu, chegou a descuidista, não passou a ventanista. E queria ser escrunchante. Eu dizia: "Rapaz, deixa de novidade. Tu não tens nervos para lunfa." Mas o desgraçado teimava em me acompanhar: "Me leve, Gaúcho." Eu cedia. Botava a caneta na fechadura, e o garoto começava a tremer. Um dia se estrepou. Arrumei um assalto, guardei na memória a casa toda e a vizinhança.

– Como é que vocês conseguem isso? – interrompi.

– Bom. É preciso estudar o terreno, bancar vendedor ambulante, consertador de fogões, caixeiro de venda. Eu às vezes me emprego, faço o papel de criado uma semana, saio com as peças de cor, o lugar dos móveis: posso trabalhar no escuro. Já lhe disse que minha mulher é uma rata de valor? Junto dela, eu não valho nada. Não é do escruncho, faz o serviço às claras. Entra num botequim: "Será que d. Esteia, a moça do setenta e cinco, está doente?" Arranja a informação de um carregador: a moça do setenta e cinco não é d. Estela, é d. Zulmira. Sai, volta no outro dia, fica bebendo cerveja, espiando o setenta e cinco. Depois de algumas visitas, conhece os nomes das pessoas, os costumes da família, a hora da missa e do cinema. Enfim, achando o campo livre, dá o golpe: avança, empurra sem cerimônia o portão do jardim, aparece na cozinha: "D. Zulmira, a roupa." D. Zulmira foi às compras, a cozinheira e a copeira não sabem onde a roupa está. Aí minha mulher se aborrece, fala com energia a uma empregada: "Minha filha, tenha paciência, faça o favor de ir buscar a roupa. Moro longe e não posso gastar o meu tempo com viagens à toa. Ou então diga a d. Zulmira que não volto. Ela marcou para hoje. Vá buscar a roupa, faça o favor." O pessoal fica tonto, a lavadeira vai ao quarto, estira uma colcha em cima da cama e agadanha o que pode, leva até rádio. Volta com a trouxa na cabeça, naturalmente: "Adeus. Já vou. Lembranças a d. Zulmira." Isso às vezes dá certo, outras vezes não dá. Se não dá, é preciso ter a retirada livre. A gente prepara a saída para o caso de ser necessário pirar. Como eu ia dizendo, o meu ajudante não prestava para nada. A última vez que me acompanhou endoideceu e nunca mais se levantou. Arrombei a porta, fomos à copa, achei um queijo, comemos uma banda; piquei o resto e despejei querosene em cima.

– Por quê?

– Por nada. Só para fazer miséria. Subimos uma escada. Na sala da frente estava dormindo um casal de velhos. No guarda-vestidos, afanei uma carteira com grana e um bobo. Um bobo, sim senhor, um relógio. Andei na casa toda, que não é direito sair deixando gaveta fechada. No oratório havia muito santo, mas nessas coisas de religião eu não mexo. Enfim consegui muamba regular para o intrujão. No derradeiro quarto, vimos uma lindeza com os peitos de fora. Aí o sujeito perdeu a ação, ficou besta, de olhos arregalados, como se estivesse diante de uma imagem do altar. Puxei a manga dele, chamei e tornei a chamar: "Vamos embora." Nem ouvia. De repente subiu na cama e deu um beijo na boca da moça. Calcule. Foi encanado e escrachado, natural. Larguei-me escada abaixo, soltei a muamba, saí da casa, atravessei o jardim, pulei a grade. Felizmente salvei a carteira e o bobo.

A curiosidade me levava a pedir minúcias:

– Ó Gaúcho, como é que você consegue destrancar uma fechadura?

O paciente indivíduo não se espantava da minha ignorância, mencionava a caneta, usava expressões técnicas obscuras. Aproximava-me do rosto o indicador e o polegar, manejava delicadamente uma pinça imaginária, introduzia-a num buraco, segurava com ela a ponta de uma chave, ia movendo a mão – *assim* – para os lados, avançava depois os dedos para os meus olhos. Falava com abundância – e a palavra e o gesto davam-me ideia viva da operação: vencido o obstáculo, a chave, impelida para diante, caía.

– Mas isso faz barulho, Gaúcho.

– Não, senhor. Eu estiro um número do *Jornal do Brasil* por baixo da porta. Puxo o jornal e trago a chave. Se ela não vier, meto a gazua na fechadura.

Explicava a maneira de cortar uma vidraça, com diamante. Dava um murro no vidro, que se deslocava, batia sem rumor em cima do *Jornal do Brasil*.

– Ó Gaúcho – informei-me estranhando a repetição –, por que essa preferência? Outro jornal não serve?

O ladrão refletiu e esclareceu, muito grave:

– Vossa mercê compreende: o *Jornal do Brasil* tem mais páginas, é mais grosso.

Vanderlino, na esteira próxima, divertia-se. E Gaúcho, exposta essa utilidade nova da imprensa, estendia-se por um dos seus numerosos casos.

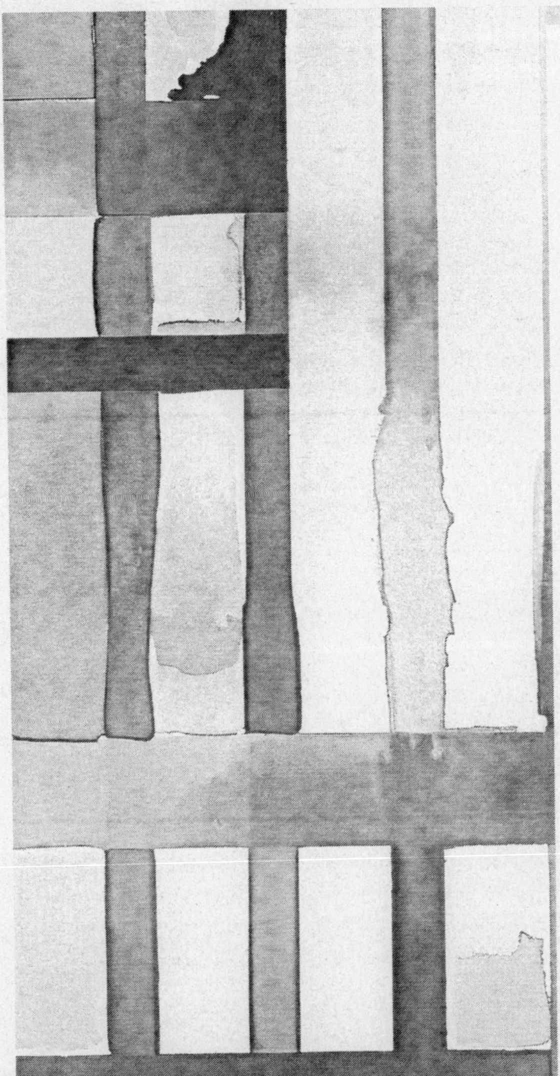

capítulo 18

UM SUJEITINHO de olho agudo foi visitar-me; acomodou-se na esteira e apresentou-se fanhoso: Nascimento.

– O companheiro necessita alguma coisa?

Essa pergunta já me era familiar. Antes de me fazerem qualquer pedido, lançavam generosos o oferecimento. Não, obrigado; pudor excessivo me impedira aceitar no Pavilhão dos Primários um maço de cigarros. Agora, em completa miséria, o Coletivo esbarrava em dificuldade imensa para levar a alguém o mais insignificante auxílio, e a oferta perdia o sentido, quase se mudava em fórmula de cortesia.

– Obrigado.

O sujeito de voz nasal não insistiu e pegou assunto diverso:

– Bem. Nós precisamos do companheiro. Trago-lhe uma tarefa: corrigir isto.

Deu-me um pedaço de lápis e duas ou três folhas de almaço, cobertas de letra miúda, sem claros. Passei a vista nas primeiras linhas. Relatório a um deputado, narração minuciosa da Colônia.

– Perfeitamente.

Pus a valise em cima das pernas cruzadas e, nesta espécie de banca, iniciei o trabalho. Logo no segundo período, além de pequenas modificações, substituí uma palavra.

– Não, senhor – opôs-se Nascimento. – Esse troço foi discutido e vai como está. Nós desejamos é que você bote as vírgulas e endireite os verbos.

Reli o trecho, infeliz, desanimei:

– É impossível, meu caro. Isso não tem sentido. A correção é indispensável.

O homem refletiu um instante:

– Bom. O que posso fazer é levar aos outros o seu palpite. Eles decidem.

Tomou os papéis, encaminhou-se ao fundo escuro do alojamento, onde, sobre tábuas, várias pessoas se reuniam às vezes, cochichavam, rabiscavam. Além do padeirinho França, juntavam-se ali algumas figuras negras, curiosas: Claudino, esgalgado, rijo, sério, de voz áspera; Francisco Chaves, gordo e baixo, sempre em luta com dificuldades imensas de expressão; Aleixo, estivador na Bahia, se não me engano, criatura amável em extremo, a fala mansa, um brilho de inteligência nos vidros dos óculos redondos. Provavelmente esses indivíduos não iriam achar imprescindível a mudança de um adjetivo, dispensariam a minha cooperação. Ao cabo de meia hora, Nascimento voltou:

– A sua proposta foi aceita. Pode continuar.

Recomecei. Vendo-me cortar uma frase, redigi-la de novo, o medianeiro quis retomar-me as folhas. Segurei-as:

– Um instante.

Li a página até o fim:

– Meu amigo, se você for reunir a célula para examinar cada emenda, isto não acaba. É absurdo. A redação está cheia de erros, sou obrigado a riscar muito. Vamos ser práticos: eu faço as correções todas, vocês estudam isso depois, em bloco.

O sujeito considerou, ronronou:

– É. Talvez seja melhor. Vou falar aos companheiros.

Afastou-se, foi segredar a consulta, a um canto, regressou:

– Eles concordam. Meta a cara no serviço.

A empreitada me levou dois dias. Em época normal estaria pronta numa hora, mas achava-me confuso e dificilmente conseguia fixar a atenção na prosa obscura. Surgiam-me dúvidas, via-me forçado a recorrer a Nascimento:

– Que significa isto?

Obtinha a explicação, manejava o lápis sem gosto. Preguiça e bocejos. Que lengalenga comprida! Fatigava-me, guardava os papéis na valise. Retomava-os, escrevia alguns minutos, interrompia-me. Encolhido na esteira, Nascimento conversava durante essas pausas, dizia a utilidade presumível de um burguês como eu:

– Vamos supor que a gente amanhã tenha uma pretensão qualquer num ministério. Nós não sabemos tratar com ministros. Você pode servir de intermediário.

Ria-me da esperança louca!

– Meu amigo, você está equivocado. Eu não sou burguês, não exploro ninguém. Se fosse burguês, não estaria aqui. Não pertenço a nenhuma classe, vivo numa camada vacilante, sem caráter. E nunca me entendi com ministros, ando muito longe dos ministros.

Aleixo também me aparecia. Com certeza vinha sondar-me, agente da máquina secreta que funcionava na prisão. Misturava à linguagem dos manifestos e dos comícios expressões ambíguas, tão difíceis como a gíria de Gaúcho. As alterações de forma e sentido chocavam-me; convencia-me lento de que *proleta* era uma redução de proletário. Defesa de criaturas perseguidas; juntavam-se naquele meio o vocabulário dos malandros e o dos militantes de organismos políticos ilegais; pouco a pouco, esse aglomerado caótico invadia a língua comum. Aleixo referia-me greves, peleja nos sindicatos, rebeldia na estiva; narrava essa matéria violenta com doçura, baixinho, completa mansidão nos bugalhos cor de leite; parecia-me compor madrigais à revolução, enternecia-se por ela.

– Formatura geral! – gritava Cubano.

Interrompíamos a conversa, procurávamos os nossos lugares. A lufa-lufa desaparecera, achava-me agora tranquilo e mecânico. Um dia o moleque largou o berro de comando e volveu para mim o seu andar curioso de boneco de molas:

– Quando eu mandar a formatura, não é preciso o senhor se incomodar, não. Sente-se numa daquelas camas, lá no fundo.

– Obrigado, Cubano.

Escorreguei para trás das filas, instalei-me perto das pias. Habituei-me desde então a passar ali horas escrevendo. O local era inconveniente: da grade, o polícia me via entretido no arranjo da literatura explosiva do relatório. Alheio ao perigo, não tomei nenhuma precaução, e esta imprudência ainda hoje me espanta. Findei os remendos, restituí os papéis a Nascimento, embrenhei-me na composição das minhas notas. Uma tarde, esfalfando-me nelas, vi a pequena distância um vagabundo a estirar o pescoço, a lançar à escrita olhadelas furtivas.

– Que é que há?– perguntei com mau modo.

– Eu não queria interromper – disse o tipo. – Estava esperando que o senhor acabasse.

– Para quê?

– Eu sou lavador. Se o senhor tiver alguma roupa suja, não se esqueça de mim. Lavo barato.

– Sim. Está bem.

Certamente o indivíduo era espião, mas não achei que uma denúncia dele me fosse prejudicial. Naquele momento as folhas, recopiadas, andavam longe, sem dúvida, talvez já estivessem na câmara. Um soldado servira de portador. Havia diversos que se encarregavam disso. A direção do estabelecimento, de orelha em pé, esforçava-se por descobri-los.

capítulo 19

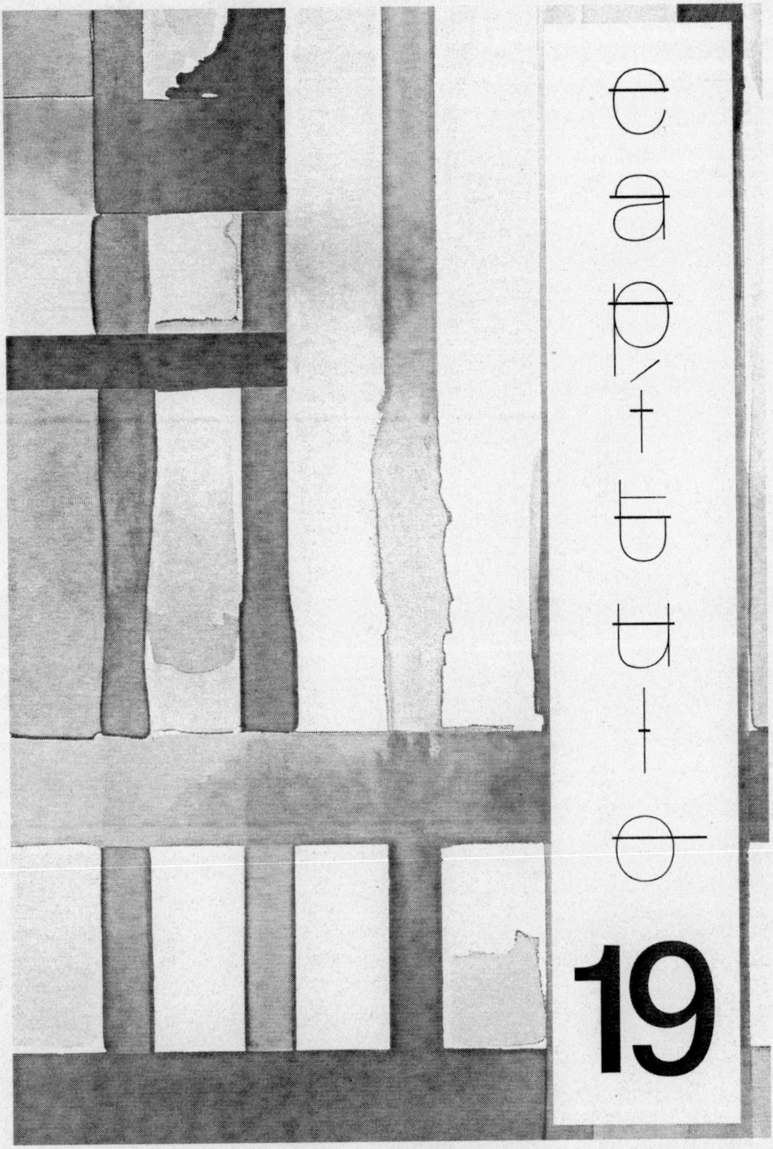

AQUECENDO-ME ao sol da manhã pálida, vi um guarda além da cerca e dirigi-me a ele:

– O senhor me poderia fazer o obséquio de mandar trazer minha roupa? Estou com os pijamas sujos.

Não enxerguei no caso nenhuma ofensa ao regulamento, mas naquele estranho meio o mais insignificante pedido constituía infração; ninguém tinha o direito de reclamar. O sujeito lançou-me uma espiadela torva e rosnou algumas palavras de anuência contrafeita. Um rapaz, junto, ouviu o pequeno diálogo e teve a ideia infeliz de exigir qualquer coisa usando quase a minha linguagem. O funcionário arremeteu contra ele como um touro furioso, derramou impropérios em gritos, parecia querer derrubar a cerca.

Atordoado, sem perceber o motivo da zanga súbita, responsabilizava-me de algum modo por ela; se não resolvesse imitar-me, o pobre moço não estaria a ouvir desaforos e despropósitos. Arrimado a uma estaca, pois a perna doente não consentia firmar-me direito, assisti com indignação impotente à cena ignóbil. O tipo se descomedia num discurso trôpego e incoerente, avançava e recuava aos tombos, agitando os membros à toa. Num desses movimentos desordenados, avizinhou-se demais e senti no rosto uma baforada viva de álcool. Dependíamos, assim, de consciências turvas, já pela manhã, cedo, a extravagar. Qualquer ato nosso, qualquer gesto, provocaria doidas cóleras, e não havia meio de nos defendermos. Os restos de paciência do animal tinham-se esgotado comigo, a ira extravasava logo, atingia o primeiro indivíduo exposto.

Vinte e quatro horas depois, enquanto os homens se distribuíam nas filas do trabalho, chamaram-nos para entregar os objetos deixados na secretaria, ao chegarmos. Alinhamo-nos, os braços cruzados, e o sujeito da véspera, novamente na embriaguez, começou a dizer números e a jogar pacotes por cima da cancela. De repente houve uma suspensão na tabuada e percebi o meu nome preso a um título: dr. Fulano de Tal. Aproximei-me, vi um saco de estopa negra, aberto, além do arame. Um embrulho arremessado caiu-me aos pés. Ergui-o, cheio de espanto: era uma trouxa úmida, escura, de causar nojo; pareceu-me que a tinham molhado, machucado, amassado, até dar-lhe a aparência de um bolo repugnante, seguro em cordões.

Voltamos à gaiola. Desatei os barbantes, desdobrei a coisa sórdida: a calça e o paletó surgiram, mudados em trapos de mendigo. Aí principiou a revelar-se a bondade estranha de Cubano, imperceptível quando ele cantava a lista da chamada e reunia o pessoal nas formaturas. O ar de tédio, gestos maquinais de fantoche; ninguém adivinharia aí um coração. Achei, contudo, que me ia tornar amigo daquele negro vagabundo, e não me iludi: a amizade até hoje resistiu. Era uma criatura esquisita, empenhada constantemente em nos prestar algum serviço, obrigando-nos às vezes a aceitá-lo à força. Nunca vi ninguém assim. Notando-me o apuro em descobrir lugar para a farpela enxovalhada, Cubano chegou-se, áspero e breve:

– Eu guardo a sua roupa.

– Será que você tem onde guardá-la, Cubano? – hesitei, receando furto.

– Não se preocupe – disse o moleque decifrando-me o pensamento. – Estando comigo, eles não mexem.

Tomou os panos, estendeu-os na cabeceira da cama, vizinha à porta. Fui acomodar-me na esteira, aborrecido com a exceção aberta para mim no curral de arame. Doutor, que estupidez! Essa ironia besta anunciava desgraça. Tinha-me esforçado por esquivar-me, ser uma partícula invisível na turba, linha de quatro algarismos no catálogo de Cubano. Obrigavam-me a sair da massa anônima, personalizavam-me e, além de tudo, conferiam-me distinção perigosa. Aquilo era tão burlesco e tão lastimoso que me senti como um ator infeliz chamado à cena para receber vaia. Tive a impressão de me haverem posto um rabo de papel e orelhas de burro. O horrível escárnio levava-me ao desespero. Talvez não fosse escárnio: era possivelmente vaidade maluca, desejo de apontar no rebanho triste e submisso um animal diferente dos outros. Não me saía da cabeça o aviso do zarolho: "Quem foi grande lá fora esqueça-se disto." Conselho supérfluo.

Não me perseguia nenhuma recordação de grandeza: ocupava-me em ofícios miúdos e entregara-me à difícil manufatura de alguns livros pouco mais ou menos desconhecidos. Tinha razão para julgar-me um autor inédito. Curiosa deferência num lugar onde os homens se nivelavam, deitados na areia, nas esteiras podres. Revolvi os miolos, a buscar sentido no caso absurdo. Convenciam-se da existência de um doutor no meio ignóbil, a definhar na piolheira, o crânio devastado a máquina. A enorme queda e o imenso contraste deviam interessá-los. Era agradável ter ali uma importância extinta, lembrar isto, agravar a abjeção. “Cruza os braços, chefe”, ordenara-me no primeiro dia um miserável pigmeu. Qualquer polícia bêbedo se esgoelaria dirigindo-me insultos, depois aludiria ao meu prestígio inexistente. A incoerência golpeava-me, e a chaga iria ser revolvida. O quesito infame exposto na ficha amarela vinha-me ao espírito, fixava-se: “Tem vícios secretos?”

capítulo 20

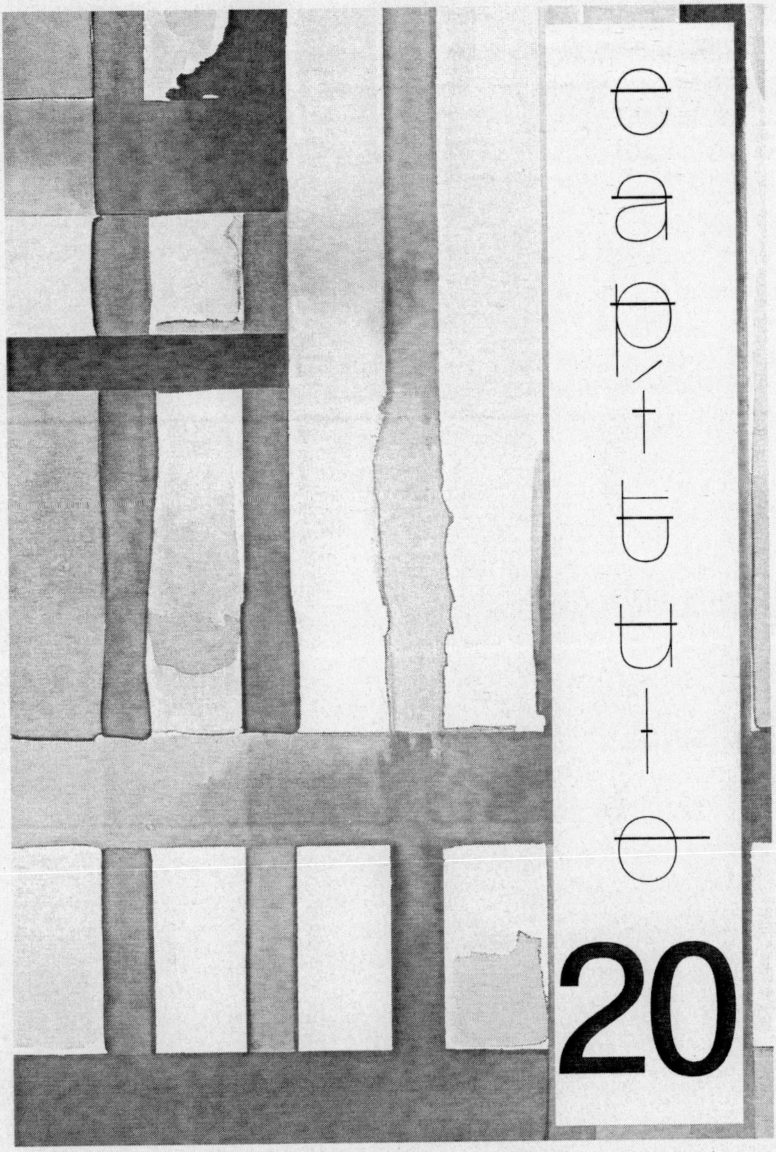

TORRANDO ao sol ardente, ficamos bem duas horas sentados no chão, esperando que o médico nos mandasse chamar para a consulta. Éramos uns vinte doentes, os mais arruinados, a tossir, a expor as horríveis chagas escuras, trabalho das muçuranas. Bocejando na demora longa, procurei distrair-me vendo o serviço na lavanderia próxima: à beira de um tanque, alguns indivíduos se atarefavam mexendo na água peças de roupa zebrada. A luz forte, o monte parecia avizinhar-se, e as pedras ferruginosas tinham cintilações ásperas. As piteiras se imobilizavam.

Entramos enfim, despimo-nos. E em fila, nus, passamos a um pequeno gabinete, segurando pijamas e cuecas. Sentado a uma banca, o moço que dias antes havia feito as nossas fichas iniciou o rápido exame inútil. Apesar da inutilidade, estivéramos duas horas ao sol para exibir ali a magrem, a sujeira, a palidez. Mais tarde receberíamos alguns frascos de remédio, que seriam despejados na areia do alojamento. Não tínhamos confiança na beberagem. O que fazíamos então junto à mesa, despidos, a expor mazelas? O meu desejo era saber se me achava mal, se poderia resistir ainda algum tempo ou se me acabaria logo; buscava adivinhar isso observando a cara e os movimentos do rapaz. Esperava também que não deixassem morrer de fome, na repugnância invencível à cenoura.

O doutor varejou-me a carcaça, deteve-se no pé da barriga, pela segunda vez exprimiu a ideia maluca de operar-me, atendeu à recusa e anotou os meus achaques. Afastei-me, vesti o pijama, estive uma hora a ver a linha avançar lenta para a formalidade burocrática. A pasmaceira me fatigava, queria recolher-me, fechar os ouvidos à tosse contínua, desviar-me das pernas cobertas de algodão negro, purulento. Quando nos retiramos, julguei impossível tornar àquela exibição desagradável.

Ao jantar, mandaram-me para a mesa dos doentes, num ângulo do refeitório; no prato de folha machucado, serviram-me um caldo morno e ralo onde havia algumas rodelas de boia sórdida exposta sobre as tábuas negras dos cavaletes. Era uma insignificância, mas não tinha o aspecto asqueroso da refeição comum, e pude ingeri-la. Dois ou três dias, sentei-me entre as figuras macilentas, tomei a sopa desenxabida e escassa. De repente, julgaram-me indigno da exceção, talvez por não haver tornado ao consultório, devolveram-me ao lugar primitivo, e de novo me abati no banco negro, os cotovelos em cima das pranchas, os dedos médios comprimindo as narinas, os polegares cerrando as orelhas, a boca aberta, os olhos fechados. O vizinho à direita engolia rápido, em seguida me retirava a boia sórdida. Impossível comer. Agora o que me restava era o caneco de água choca, imitação de mate. Percebia a necessidade urgente de mastigar o pãozinho redondo e elástico; palpava-o com desânimo, a resistência viscosa trazia-me enjoo. Certa manhã, depois de beber o líquido sensabor, esqueci o ambiente, dirigi-me ao copeiro, distraído, como se estivesse num café:

– Quer fazer-me o obséquio de trazer mais?

Compreendi logo o desconchavo, estremeci vexado com a perturbação do homem. Era um mulato claro, de fisionomia doce; vestia a zebra vergonhosa do estabelecimento. Ainda não me havia ferido a atenção, mas o singular procedimento que teve levou-me a examiná-lo rápido. Hesitante, dirigiu-se ao sujeito de cara repulsiva encostado à ombreira de uma porta, junto ao bule enorme e às forquilhas de pontas numerosas, cabides estranhos das vasilhas. Cochichou um momento, cabisbaixo, em grande embaraço. A criatura repelente descerrou os queixos num riso sinistro, jogou-me de través uma espiadela desdenhosa, soprou agastada:

– Quer mais, hem? Estamos num hotel, hem?

O mulato, confuso, aproximou-se do cavalete, murmurou sucumbido:

– Não pode ser. Desculpe. Eles não dão.

A voz suave num instante me revelou o moço. Já me havia impressionado; apenas de outra vez não estava assim trêmula. Era ele, sem dúvida. Acabou de falar, e as lágrimas correram-lhe no rosto pálido. Essa anormal sensibilidade me causou violento choque, e lamentei com desgosto a exigência imprudente que originara tal desarranjo no esquisito indivíduo. Era ele, recordava-me bem.

No encontro anterior não havia a tremura, a palidez, o choro; esquecer-me-ia dele se a voz dulçurosa não me escorregasse nos ouvidos, trazendo-me a cena meio apagada. Noite. Das lâmpadas mortiças espirrava uma luzinha curta, as sombras envolviam a sala estreita e longa, o ar se empestava com um cheiro de carniça. Entorpecia-me num banco, as mãos segurando a cabeça pesada. Em frente, em cima de tábuas vagas, manchas escuras num prato invisível. Perto, um vulto sem feições gemia um conselho frouxo:

– Coma. Faça um sacrifício. A comida está boa, foi preparada para os senhores. Experimente.

– Não. Obrigado. É impossível.

Novamente a fala morna a embalar-me:

– Faça um esforço. Amanhã o senhor não terá isto. A comida está boa. Experimente.

Na sombra espessa, os lineamentos perdiam-se; a amabilidade excessiva provocava-me uma sensação molesta, a náusea crescia; ignorando a significação daquilo, desejava afastar-me e esquecer a brandura pegajosa. Ao mesmo tempo, achava-me ingrato.

Na claridade nevoenta da manhã, divisei os traços do homem, e a lividez, o pranto fácil, o tremor, a desculpa embrulhada revelaram-me a natureza dele. Era gordo, imberbe, os olhos mansos, um sorriso doloroso nos beiços flácidos. Embora visse ali um vivente a sofrer por minha causa, era-me impossível evitar a repulsa que sentira à noite da chegada, mas o nojo misturava-se à gratidão e ao pesar de haver estorvado o infeliz. Um infeliz, sem dúvida, firmava-me nesta convicção: tipo de sexo duvidoso, comum no ajuntamento da cadeia. A aparência equívoca e o procedimento invulgar causavam-me transtorno e a necessidade urgente de afastar-me e esquecer, embora dissesse a mim mesmo que a lembrança do caso iria perseguir-me. Nunca me vira na presença de um desses indivíduos assim cara a cara, sabendo-lhe as tendências. Pela primeira vez, surgia-me um deles e facultava-me o exame imprevisto do corpo e da alma. Apesar de não me ser possível nenhuma comparação, estava certo de não enganar-me. Era aquilo, sem dúvida.

A carranca feroz, a poucos metros, junto ao bule enorme e às forquilhas, enviava-me olhares assassinos. E o coitado permanecia de cabeça baixa, num constrangimento, enxugando o rosto à manga da blusa. Imaginei ali um episódio sentimental: havia entre os dois possivelmente um drama, e o portador das forquilhas e do bule se enchia de ciúme e despeito vendo na frágil condescendência do amigo sinais de traição. Devia ser isso. A recusa brutal e o gesto provocador falavam claro. Essa ideia me trouxe horrível mal-estar, vergonha, como se me cumpliciasse a ignomínias; cresceu o desejo de levantar-me, regressar ao alojamento, cair na esteira, escrever as minhas notas, ouvir as greves narradas por Aleixo, os roubos de Gaúcho. Invadia-me, entretanto, uma indecisa mistura de sentimentos: chocavam-se a piedade, a tristeza, a admiração, o prazer de realizar uma descoberta. Não me ocorrera a existência de coração nessas anomalias; de longe, exclusivista e rígido, habituara-me a julgá-las sordidez apenas. As mulheres sempre exerceram sobre mim tirania excessiva, davam-me preocupações vizinhas da monomania, às vezes as imagens interiores mudavam-se quase em visões, e isto era doloroso. Fantasias doidas impediam-me o trabalho. Pois, dedicando-me a elas inteiramente, nunca divisara em nenhuma a bondade manifesta ali próximo.

Na verdade, era impossível transformar-me, vencer o nojo que esses desvios me causavam. Era um nojo profundo, e em vão buscaria livrar-me dele. Mas uma evidência entrava a impressionar-me: na torpeza nauseante havia alguma coisa muito pura.

capítulo 21

NÃO VOLTEI ao refeitório. A presença do homem tímido e blandicioso era insuportável. Queria explicá-lo, justificá-lo; sentia-me cheio de agradecimento e asco. Nessa incompatibilidade, esforçava-me por esquecê-lo, mas a gordura fofa e a benevolência pegajosa estavam-me presas na lembrança, como esparadrapo. Contentava-me haver percebido um fato novo; ao mesmo tempo, me aborrecia por ver que isso me perturbava ideias antigas, abalando valores assentes.

Busquei distrair-me compondo as notas infindáveis, confusas, em pedaços de papel arranjados nem sei como; provavelmente ninguém as leria: em momento de apuro seriam deixadas em qualquer canto, jogadas na água. A hora da comida esquivava-me para trás das filas, escondia-me ao pé do lavatório. O rebanho movia-se, transpunha a porta, conjugava-se numa extensa linha, atravessava o curral de arame, o pátio branco. E achava-me só, um livro na mão, espremendo os miolos inutilmente para entendê-lo. Pezunhava numa página, lia cinco, seis vezes, largava a brochura, desanimado.

A leitura se havia tornado impossível; contudo aventurava-me a escrever. Se aquelas folhas me aparecessem hoje, desconexas, medonhas, revelariam a minha perturbação, a fraqueza do espírito. As horas longas arrastavam-se, e era preciso enchê-las.

A escrita fatigava-me depressa, e arrojava-me teimoso a uma história simples apanhada na biblioteca do Coletivo. Era uma pequena coleção amarfanhada, triturada, suja, inteiramente de acordo com o lugar onde funcionava. Encontrei nela, inexplicavelmente, os três volumes que me acompanharam no dia da prisão e tentei decifrar no quartel do Recife e a bordo: lá estavam as dedicatórias de José Geraldo Vieira, Agrippino Grieco e Otávio de Faria. Essas artes tinham-me deixado o cubículo no Pavilhão dos Primários; agora, rasgados e sem capas serviam de pasto a ladrões, vagabundos e políticos. A forma de obtê-las harmonizava-se com o nosso meio.

Descobri alguns romances de José Lins, de Jorge Amado, meus. E, tanto quanto posso julgar, o mais lido era Jorge: apareciam-me com frequência, nas tábuas e nas esteiras, malandros, tipos das favelas, atentos no *Suor* e no *Jubiabá*. Por que estaria Jorge, só ele, a provocar o interesse dessa gente? Remexi a cabeça procurando uma resposta. Bem. José Lins é memorialista, o grande mérito dele é haver exposto, nua e bárbara, a vida nos engenhos de açúcar; é uma enorme força que se esvai fora do seu ambiente. Dá-nos a impressão de ouvir o rumor do vento nos canaviais, sentir o cheiro do mel nas tachas; percebemos até, nos seus diálogos, o timbre da voz das personagens. Uma realidade flagrante. Essas coisas eram vistas com atenção por uma pequena minoria de sujeitos mais ou menos instruídos que buscavam nas obras de arte apenas o documento. O nosso público em geral afastava-se disso, queria sonho e fuga. Aqueles homens de tatuagens, anfíbios, ora no morro, ora na cadeia, entregam-se, por serem primitivos ou para esquecer asperezas, a divagações complicadas, e não sabemos quando nos expõem casos verídicos nem quando mentem. A imaginação de Jorge os encantava, imaginação viva, tão forte que ele supõe falar a verdade ao narrar-nos existências românticas nos saveiros, nos cais, nas fazendas de cacau. A respeito dos meus livros nada sei, pois nunca vi ninguém pegar um; lá ficaram intatos, suponho. Notando-me o jejum, Cubano quis levar-me ao refeitório.

– Tenha paciência, Cubano – protestei. – Você me dispensou das formaturas.

– A hora da comida, não. É diferente. O senhor não pode passar sem comer.

– Obrigado. Não tenho fome.

O ótimo negro rosnou uns conselhos e deixou-me em paz. Ele tinha razão, era preciso enganar o estômago. Assim, mandei comprar um queijo pelo soldadinho que, à noite da chegada, se oferecera, por influência do sargento, para os negócios clandestinos. O rapaz trouxe-me a encomenda e recusou gorjeta. Se o queijo ficasse em meu poder, os ladrões o abafariam; por isso Vanderlino apossou-se dele, trancou-o na mala e durante algum tempo me submeteu a duas, três rações diárias, fatias quase transparentes, insignificâncias cortadas a gilete. Percebíamos em redor olhos famintos, pedidos silenciosos, novamente os dedos ágeis da pachorrenta criatura manejavam a lâmina, reduziam a escassa reserva, que logo se dissipou. Outra vez a abstinência. E respirei com alívio. Mastigar, remoer aqueles fragmentos, era, na verdade, uma obrigação imposta por Vanderlino. A pasta gordurosa causava-me forte enjoo. Realmente me achava, como no porão do *Manaus*, atacado pela sitiofobia; pensar em alimento me dava nojo.

Fumava sem interrupção; o médio, o polegar e o indicador da mão esquerda amarelaram e enegreceram; os beiços queimaram-se e não era possível umedecê-los. Essa terrível necessidade ocasionava-me arrelias constantes. Havia sempre em torno de mim vários sujeitos a rondar, a matilha impudica dos caçadores de baganas. Quando vi pela primeira vez esses indivíduos baixarem-se para colher no chão uma ponta de cigarro, vexei-me em excesso, virei a cabeça, fingi não reparar no procedimento vil. Depois me indignei e enojei. Era uma canalha privada inteiramente de vergonha, não me deixava em sossego. Queria afastar-me dela, mas em qualquer parte do alojamento surgiam-me vagabundos ligeiros, de olhos compridos, a medir-me os gestos. Impacientavam-se, avizinhavam-se, num descaro revoltante.

Uma praga. Risinhos safados, enorme sabujice nas caras lorpas. Examinavam-me atentos os bolsos da roupa vestida pelo avesso. Na cupidez e na rivalidade, avançavam mal se riscava o fósforo, pediam sem pejo o resto do cigarro apenas começado. À princípio, em horrível constrangimento, resignei-me a estender-lhes o maço. Distanciavam-se, ao cabo de minutos estavam na ronda, insaciáveis. Inquietei-me: era impossível sustentar tantos malandros. Na valise, a provisão de fumo se reduzia. Tentei reagir, pôr termo à infame investida:

— Assim também é demais. Vão para o diabo.

Voltava as costas, cheio de raiva. Um patife me seguia, chegava-se de manso, arrancava-me da mão o cigarro e saía correndo. Enfim o sortimento se esvaiu e necessitei recorrer de novo ao soldadinho prestativo. Recebi um milheiro de cigarros. Cubano tomou esse contrabando, meteu-o numa sórdida mochila, que amarrou nos ferros da cama.

— Em meu poder estão em segurança. Fique descansado. Eles não mexem comigo.

No dia seguinte, havia um buraco na mochila e a ausência de oito maços.

capítulo 22

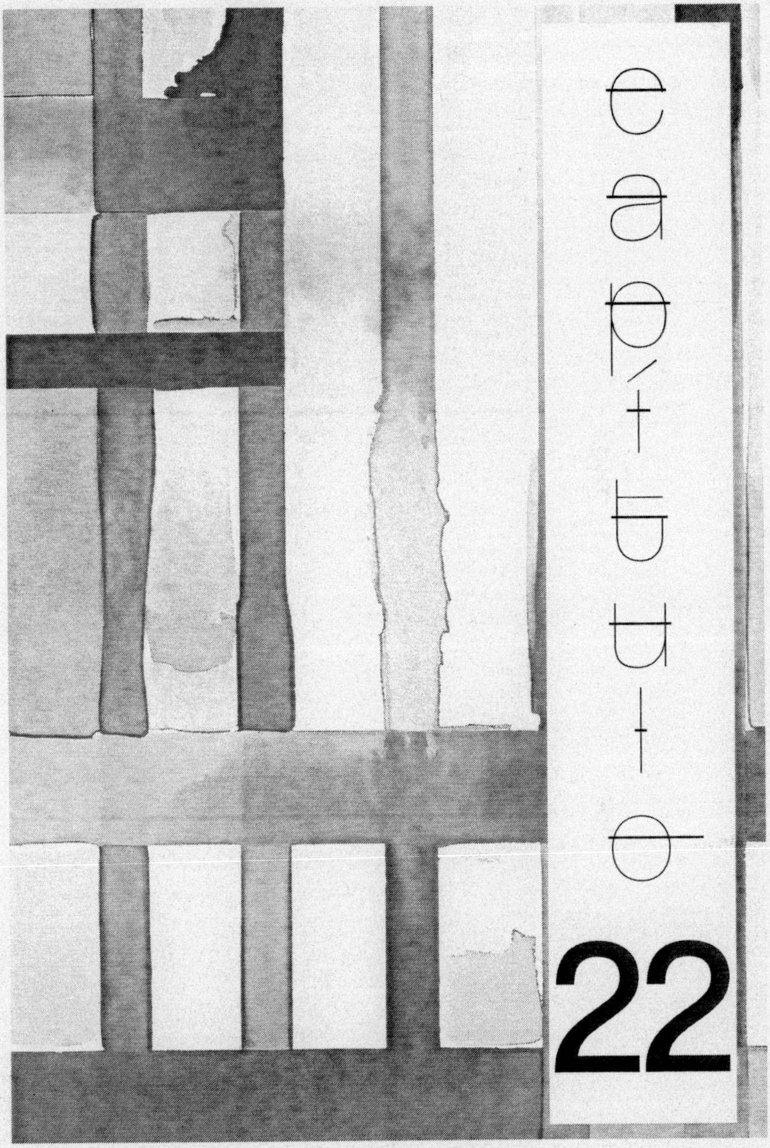

GRITARAM-ME o nome. Soltei o livro, saí da esteira, cheguei-me à porta, vi além da grade Alfeu, o cafuzo de olhar sangrento que, à noite da chegada, espancara e rolara a pontapés um homem, perto de mim. Agora não mostrava fúria. Esteve um minuto gargarejando sons incompreensíveis, a fazer pausas, em grande embaraço. Procurava as palavras, coçava a cabeça, num desesperado esforço para explanar o assunto difícil; espantava-me, examinando-lhe a cara torva, buscando perceber a causa de tantos circunlóquios e hesitações. Pouco a pouco, as ideias dele se combinaram, afinal lhe conheci o intuito, mas o caso era estranho, e com um tremor violento recuei cheio de pavor. O soldado esperava de mim um obséquio. O diretor da prisão aniversariava no dia seguinte, o pessoal andava a preparar-lhe uma festa, e Alfeu tinha desejo de fazer um discurso, representando a polícia. Como não sabia trabalhar nessa matéria, pedia-me que redigisse uma saudação, curta, meia folha de papel somente. Um favor pequeno.

Atravessou-me o espírito, com medonha nitidez, a consequência de uma recusa: lembrei a cena horrível e imaginei-me na situação do infeliz, a espojar-me na areia, contuso, amarfanhado, biqueiras de sapatos desarranjando-me as costelas. O aviso do zarolho misturou-se à desgraçada lembrança: "Aqui não há direito, nenhum direito. Quem foi grande lá fora esqueça-se disto." Iria suceder-me aquilo, sem dúvida, se me negasse a contentar o enorme bruto. Sem dúvida. Mas não me ocorria uma negativa, nem sequer a possibilidade vaga de eximir-me. Escreveria o discurso; no primeiro instante, supus que iria escrevê-lo; nenhum meio de evitar esta infâmia. Atento nas estrias vermelhas dos bugalhos duros, perguntava a mim mesmo onde iria esconder-me para fabricar elogios ao diretor da prisão. Vinte e quatro horas depois, o cafuzo gaguejaria essa miséria, e eu me conservaria agachado na esteira, um molambo, sem ânimo de encarar Nascimento, Aleixo e Claudino. Achava-me indigno, interiormente sujo, e não conseguia evitar isto. As biqueiras dos sapatos não me saíam do pensamento, e era como se estivessem moendo-me a carne, desarticulando-me os ossos.

Um medo horrível, presumo que ninguém sentiu medo assim. Já me havia sucedido coisa semelhante, anos atrás. Em geral, atordoo-me, perco a noção do perigo, não ouço tiros num conflito; vem-me custosa, em pedaços, a conveniência de resguardar-me atrás de uma árvore, num vão de uma porta. Em 1930, um piquete das forças revolucionárias de Agildo Barata agarrou-me no interior de Alagoas e fingiu querer fuzilar-me. No Pavilhão dos Primários, Agildo ria escutando a narração dessa proeza besta. Eram dezesseis malucos. Esvaziaram-me os pneumáticos do carro, encheram-me de perguntas e ameaças. Atrapalhado em excesso, não respondi; tirei do bolso um papel e mastiguei-o.

Preso, estirado na cama, o chapéu cobrindo-me o rosto, ouvi pancadas; sentei-me, vi perto um indivíduo a bater com a soleira do fuzil no chão, querendo assustar-me.

"– Você dispara esse diabo e mata um companheiro. Com licença."

Estirei o braço e virei a asa do registro de segurança. Achava-me bastante apreensivo, mas era receio comum. Alguns dias de reclusão, vários aborrecimentos. Mal sério não me fariam aqueles militares vagabundos, incapazes de pegar direito numa arma. Não, não era medo. Medo sentia agora, diante do cafuzo, pensando nos sapatos ferrados, na cólera doida. Medo igual ao que experimentara anos antes, numa noite de lua. Achava-me no quintal de uma criaturinha sem-vergonha, meio escondido junto a uma cerca de bambu. Eram duas horas da madrugada. A mulher não vinha, fazia-me perder tempo, e a demora me impacientava. Abriu-se de repente uma janela na vizinhança, um cachorro ladrou; julguei-me descoberto pelo marido pulha da sujeitinha, larguei a espera, atravessei o portão e saí correndo à toa na rua deserta. Era uma carreira trêmula e bamba, os joelhos chocavam-se, pernas de velho; um soluço esmorecia-me na garganta e em mim tudo se resumia numa necessidade horrível de chorar.

Queria deter-me, condenava severo a fuga ridícula, mas alguém me perseguia, esta ideia absurda atirava-me para a frente. Negava a existência da perseguição, considerava-me estúpido, mas era impossível refrear os movimentos desengonçados. Em completo abandono, vivente infeliz, sem nenhuma defesa. A brancura do luar desesperava-me. Habitava uma cidadezinha sertaneja, todos aí me conheciam. Negociante, figura mais ou menos razoável. Se um dos meus fregueses surgisse na rua, me apanhasse naquele estado? No meu último livro, em poder de José Olímpio, aventurara-me a fixar esse terror, essa covardia imensa. Ali ao pé da grade, via-me assim pela segunda vez.

Um trapo, os músculos frios, desmaio no coração, a vontade suspensa. Talvez, se abrissem a porta, me pusesse a correr desvairado, como naquela noite. Mas a precisão de fugir, alucinada e urgente, não podia realizar-se: quando muito, iria manquejando ao extremo do galpão, onde o cafuzo batera e espezinhara um desgraçado. Um rato a pretender esquivar-se, inutilmente; os olhos ruins do gato imobilizavam-me. Tortura dupla: a visão clara de patadas rijas num corpo inerme, a ignominiosa composição de louvores ao diretor. Não havia alternativa, não me deixavam direito de escolha. "Aqui não há direito, nenhum direito." Horrorizava-me ser atirado ao chão, pisarem-me, desarticularem-me, e a repulsiva tarefa vinha com jeito de ordem. Não estava nas minhas possibilidades furtar-me a ela, nem um momento pensei nisto; preocupava-me somente achar um canto para cumpri-la, ausente de Aleixo. Depois me tornaria inimigo do excelente negro; não suportaria o brilho dos óculos redondos, a fala mansa, as histórias de greves. Acharia razões para simular desprezá-lo, desprezando-me; servem para isto as pequenas inteligências malandras. Não as censuro, pois estive a ponto de acanalhar-me e nenhuma resistência opus. Não refleti, não busquei vencer a dificuldade: um miserável traste. O desfecho desse caso foi imprevisto e ainda hoje me espanta: ignoro como veio.

– E quem lhe disse que eu sei fazer discursos? – perguntei numa calma exterior de causar surpresa.

– Sabe – afirmou o soldado. – Pois eu não vejo o senhor mexendo em papel o dia inteiro? Ademais o senhor foi importante na sua terra.

– Nada disso. É engano.

Fechavam-me aquela saída. Imprudência dedicar-me ao relatório e às notas perto da grade. Nova objeção caiu, lenta e incisiva:

– Bem. Suponhamos que eu saiba fazer isso. Imagina que posso fazer? Não adivinho os seus sentimentos. Se eu escrevesse o discurso, toda a gente compreenderia logo que ele não era seu.

Devo ter falado assim, com pouca alteração. Pelo menos estou certo de não exibir nestas linhas coragem falsa. O medo me envolvera um infindável minuto, medo horroroso de aguentar coices na barriga e no peito, de me esconder para arrumar as letras miseráveis. Não hesitara um segundo: necessário compor o discurso. A resposta ao cafuzo revelou que eu havia preferido os golpes e a humilhação: ignoro como se deu a mudança interna, falta-me a consciência disto. Provavelmente foi a certeza de me ser impossível a infame redação.

– Use a sua linguagem – tornei. – Não adianta dizer frases bonitas, alheias. Mostre com simplicidade o que tem dentro. É melhor, não é?

A tromba do Alfeu exprimia descontentamento, os bugalhos cruéis injetaram-se mais, o crânio miúdo balançava, afirmando, negando: o homem rude buscava entender. Ao declarar-me, ao ter conhecimento da resolução involuntária, livrara-me do terror. As biqueiras dos sapatos deixaram de atormentar-me, eram desgraças inevitáveis. Paciência, estavam previstas. Bom deixar tudo claro:

– E depois não tenho motivo para ser amável com o diretor. Você tem, é natural. Mas eu, acha que posso ser amigo dele?

O cafuzo, perplexo, continuava a agitar a cabeça e arregalava os olhos.

– Diga. Acha que posso ser amigo dele?

– Não, rosnou com mau modo.

– E então? Ponha-se no meu lugar. Se você estivesse aqui preso e soubesse escrever, fazia esse discurso?

– Não fazia – murmurou o soldado.

– Está aí. Você mesmo reconhece. É impossível.

Agora o rosto de Alfeu manifestava confusão e desassossego. Tive pena do pobre selvagem que me inspirara tanto horror, precisei dizer ainda uma palavra, dissipar nuvens:

– Fica zangado comigo, Alfeu?

Ergueu os olhos, quase doces:

– Não, não fico, o senhor tem razão.

– Peça uma coisa que não me prejudique. Peça outra coisa.

– Não. Obrigado.

Afastou-se abrupto. No dia seguinte pela manhã, penetrando no curral de arame, vi Alfeu encostado à ombreira do portão. A minha passagem, agarrou-me o braço e cochichou:

– Se o senhor tiver negócios lá fora, conte comigo. Estou às suas ordens.

– Muito agradecido, Alfeu.

capítulo 23

O POBRE Neves, de mal a pior, tossindo e sem fôlego, foi acabar-se na enfermaria; nunca mais ouvimos falar nele. E Gaúcho se apossou da cama vizinha à porta lateral.

Levou para ali os seus picuás, estabeleceu-se e no dia seguinte me fez uma proposta curiosa:

— Vossa mercê quer comprar a minha cama?

A princípio não entendi; notei depois que se tratava de negócio regular naquele meio. O sujeito apodera-se de um objeto, declara-se dono e logo o transforma em dinheiro. Essas operações já não constituíam novidade para mim; surgiam-me com frequência indivíduos agachados pelos cantos, embromando-se em longos cochichos, ajustes infindáveis. As coisas miúdas circulavam, passavam de bolso a bolso, e as vítimas dos furtos, cheias de vergonha, sentiam desprezo nos olhos dos profissionais e guardavam silêncio. Nenhum espanto, consideravam-se legítimas essas transações. Gaúcho não me propunha essa mercadoria, uma das bagatelas que facilmente se ocultava em sacos, em dobras de roupa: oferecia um móvel.

Estabelecera a posse e transferia-me o direito de me deitar na cama. Hesitei, receoso de trapaça, afinal me decidi:

– Está bem. Quanto custa isso?

– Uma gâmbia.

– Quanto?

– Cinco mangos.

– Fale direito, Gaúcho.

– Cinco mil-réis. Já disse.

Na segurança mesquinha, os preços reduziam-se muito.

– Está certo.

Passei a nota, o ladrão foi retirar os cacarecos e arranjou lugar numa tábua, no fim do alojamento. Pouco depois, encontrei-o ocupado em despregar a esteira que forrava o lastro da cama. Protestei, indignado:

– Que é isso, Gaúcho?

– Estou descosendo a esteira.

– Vai levá-la?

– Então?

– Você não me vendeu esses troços, homem?

– Vendi a cama. A esteira é outra coisa, resmungou o sujeito com descarada firmeza.

– Deixe disso, criatura. Eu vou dormir em cima do ferro?

– Não sei. A esteira é minha. Se vossa mercê precisa dela, eu vendo, custa dois mangos.

– Está bem, está bem. Mas você vai pregá-la de novo. Se ficar solta, desaparece.

O escrunchante recebeu a moeda, afastou-se, voltou com uma agulha comprida e esmerou-se em corrigir o estrago. Findo o trabalho, seguiu-me; vendo-me pegar a valise, tomou-a, perfilou-se, numa atitude burlesca e de respeito que me arrancou uma gargalhada.

– Solte essa valise, Gaúcho.

– Não senhor, faço questão.

Fui tomar posse da cama; Gaúcho atrás, segurando a pequena bagagem, muito sério, representava o papel de criado. Pus-me a rir, pela primeira vez me surgia ali motivo para riso. Sobre a esteira, dobrado, achei um cobertor Admirei-me de ver Gaúcho ir-se embora, não se lembrar de extorquir-me dois ou três mil-réis por ele. Mas o espanto durou pouco: não se tratava de generosidade nem de esquecimento. Aquele traste fora abandonado porque estava aberto ao meio e tinha grandes manchas de sangue, as hemoptises do pobre Neves, certamente. Com viva repugnância, larguei os dois pedaços de pano; em seguida resolvi embrulhar-me neles: deitei-me, prendi-os entre as coxas, envolvi-me, encolhido. A valise continuava a servir-me de travesseiro. Enquanto vivi na Colônia, usei desse jeito as duas bandas de cobertor, e nem uma vez foram à lavanderia.

Surgiu-me de repente uma contrariedade. França, o padeiro tuberculoso, meu vizinho no Pavilhão dos Primários, veio censurar-me, e com tanta arrogância que o supus logo dirigente de qualquer coisa. Falava como se eu fosse criança, queria saber quem me havia dado licença para deitar-me na cama. Tinham preferência os companheiros doentes.

— Perfeitamente, França. Mande um, eu saio. Lembrei-me dos risinhos tímidos de França meses antes, quando, pela manhã, vinha pedir-me a garrafa de leite à porta do cubículo 35. Essa garrafa de leite não me fazia grande falta. Findara a inapetência da semana horrível passada no porão do *Manaus*, era-me possível entrar nas filas, receber o prato, duas vezes por dia, beber o caneco de café que tinha gosto de formiga. Não me custava privar-me do leite, vendo um sujeito precisar dele. Nenhum favor. As tremuras e os sorrisos do padeiro confundiam-me. Tipo demasiado sensível, julguei. Para não ouvir os agradecimentos bambos, desfazia-me da garrafa, saía do cubículo, atravessava a plataforma, descia a escada. Vinha-me agora o pensamento infeliz de que o rapaz se humilhara ao receber aquela insignificância. Humilhara-se pagando com sorriso e tremura. Que miséria! E vingava-se chamando-me à ordem, severo em demasia. Apesar de me ver disposto a ceder o lugar a outro mais necessitado, prosseguia na arenga, violento como o diabo, repisando:

– Há companheiros doentes.

– Já sei, França. A cama está às ordens. Para que repetir isso?

– Você fala como se fosse dono dela. Quem lhe deu ordem?

Impacientei-me:

– Olhe, França, vamos deixar de conversa. Não tenho prazer nenhum em deitar-me nesta porcaria. Tome conta dela. Não há razão para barulho.

O sujeito não se convencia, impertinente, a remoer aquela ninharia, exibindo autoridade. Completa ausência de tino. Perdi os estribos:

– Vá para o inferno. Aqui feito um menino, a aguentar repreensões idiotas. Não quero ouvir mais nada, percebe? Nada. Para o inferno. A cama é propriedade minha, dei sete mil-réis a Gaúcho por ela. Daqui não saio, entende? Sou um proprietário.

Diante dessa razão miserável, a arrogância do padeiro murchou e desapareceu. Fui acomodar-me, envolver uns restos de zanga nos trapos imundos. Certamente havia ali pessoas mais doentes que eu; Van der Linden e Mário Paiva mereciam sem dúvida aquele desgraçado conforto. Domício Fernandes estava moribundo, não voltaria ao Rio Grande do Norte. Se não fosse a bazófia de França, não me custaria despojar-me em benefício de qualquer deles. Na verdade, me achava bem mal, embora não vivesse a queixar-me nem avaliasse os estragos, mas cada vez me arrasava mais. Só de pensar no refeitório me causava náusea, as muçuranas e os mosquitos perseguiam-me, e agora, na esteira suja, enrolado em trapos vermelhos de vômitos sangrentos, pensava na invasão dos bacilos, no rápido extermínio do organismo indefeso.

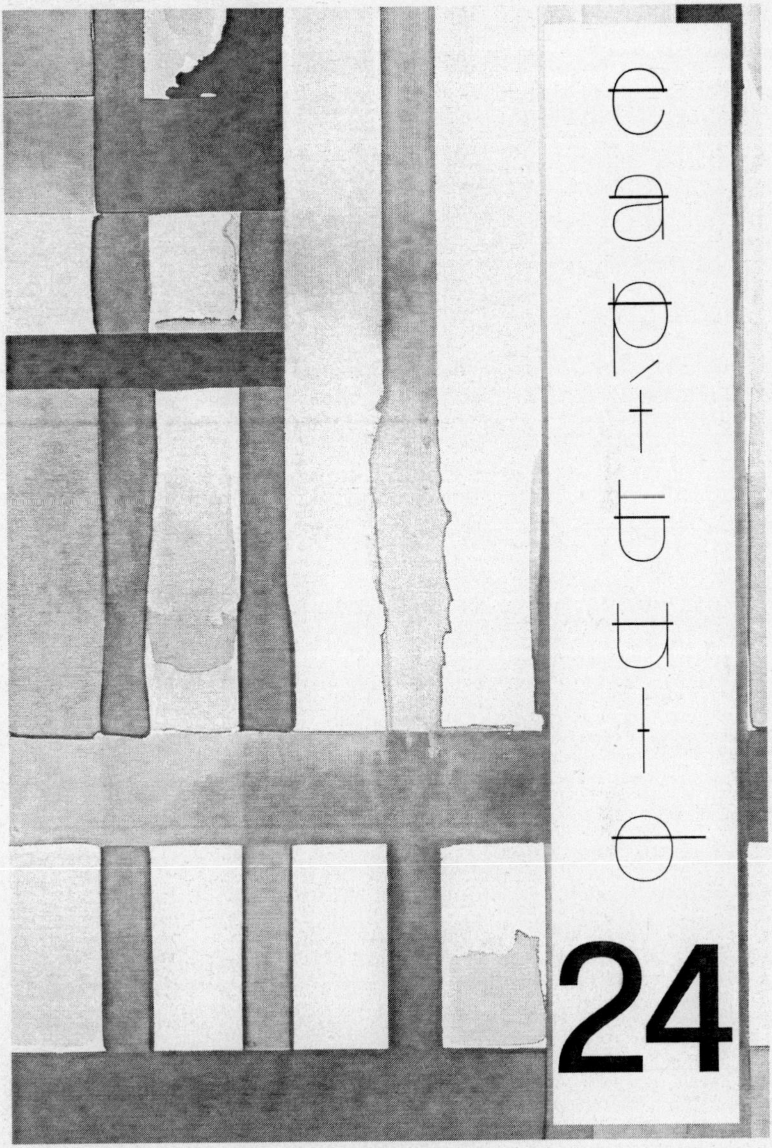

capítulo 24

TINHAM conseguido armar na cama vizinha um difícil mosquiteiro. Na manhã seguinte, vi sentado nela um sujeito maduro, atraente, óculos grossos de míope, a roupa de casimira pelo avesso.

– Bom dia – atirou-me risonho e lento.

Estava com desejo de conversar e logo se apresentou: Mota. Escorregamos depressa numa camaradagem fácil, tive realmente muito prazer em conhecê-lo.

– O senhor tomou parte na Aliança Nacional Libertadora, seu Mota?

– Não, senhor – respondeu a criatura amável. – Tinha as minhas simpatias. Sou admirador de Prestes.

Vejam só. Porque simpatizava com a Aliança Nacional Libertadora – cadeia, braços cruzados, a roupa vestida pelo avesso, a cabeça baixa e sem cabelos. Pobre seu Mota. A situação dele era com certeza a de Manuel Leal, meu amigo velho arrancado às Alagoas, metido no cárcere dos sargentos no quartel do Recife, depois no porão do *Manaus* e agora ali a carregar tijolos. Mas Leal não tinha o sossego, a conversa amável de seu Mota. Andava irritado, sombrio, num desespero mudo contínuo. Um dia essa mudez se quebrou e o infeliz, de volta do trabalho, suado, coberto de pó vermelho, dirigiu-se a mim, ríspido:

– Por que é que estou preso? Hem? Diga.

Estranhei, tive pena do homem a desabar em velhice rápida. Coitado. Não me parecia longe o tempo em que os tristes olhos, hoje apagados no rosto murcho, brilhavam muito vivos; os fartos anéis da cabeleira negra seduziam mulheres. Pobre de Leal. Provavelmente a decadência não era apenas física; o espírito devia estar em declínio também para ele me vir fazer tal pergunta.

– Que é que você quer que lhe diga? Sei lá! Nem sei porque estou preso.

O meu antigo camarada engasgou-se, esteve um minuto a examinar-me com espanto e censura. Tomou fôlego, e, de supetão:

– Você? Ora essa! Está preso porque é comunista. Sempre foi.

Declarou isso aos berros, sem ligar importância aos guardas e à polícia.

– Desde menino. Sempre foi. Ainda usava calças curtas e já lia essas coisas no balcão de seu pai. Mas eu? Que foi que eu fiz para estar aqui? Hem? Explique.

Cheio de piedade, não conseguia eximir-me ao desejo de rir ouvindo esse despropósito. Leal gritava a denúncia, provavelmente ignorando que ela me poderia ser funesta. Não repliquei, temendo encolerizá-lo mais. Coitado. Não perceberia a exígua significação das brochuras que li na infância; continham veneno, supunha, estava nelas a causa da minha desgraça. Tinham sido justos comigo. Pois não passara a vida a procurar sarna para me coçar? Com ele havia injustiça. Por quê? Responsabilizava-me:

— Diga. Por que me mandaram para aqui? Diga ao menos o que é comunismo. Não sei. Nunca me meti com vocês, nunca li nada disso. Explique.

A aflição tornava egoísta uma pessoa amorável. Desequilíbrio, certamente. Vinham-me à lembrança o riso aberto de Leal, as anedotas de caixeiro-viajante, sem graça, narradas muitos anos atrás, quando ele se hospedava em nossa casa do interior. Que horrível decadência! Via-me obrigado a fazer a comparação, e isto me dava imenso desgosto. Não me ocorreu uma palavra generosa, capaz de minorar aquela angústia. Afastei-me em silêncio. Esquisito afligir-se um prisioneiro de tal modo, não achar sossego, alhear-se do meio, o pensamento fixo no exterior, em casos remotos. Esses viventes arredios ficam desagradáveis. Sentimos não poder auxiliá-los, distraí-los; receamos contagiar-nos, findar naqueles tormentos. Buscamos a companhia de sujeitos expansivos, esboçam-se camaradagens num instante desfeitas. As histórias de Gaúcho afugentavam-me o sono, ser-me-ia agradável escutá-lo muitas horas. Infelizmente quebravam-se: vinha o momento de recolher, éramos forçados a calar-nos e o resto da narrativa se adiava para a noite seguinte.

— Imagine vossa mercê. Peguei um dia uma roupa nova bacana, azul-marinho. Assentava no meu corpo e não foi para a muamba. Vesti-me nela e caí na rua. Pois veja que azar. Na Lapa, um sujeito do meu tope começou a espiar demais para mim e não me deu tempo de pirar. Chegou-se e atacou:

"— Moço, me desculpe. Onde foi que o senhor arranjou esse terno?

"— Muito bem — respondi eu. — Comprei hoje por cem mil-réis a um adelo da Rua da Constituição, número tal.

"– Pois, moço, juro que esse terno é meu. Foi roubado ontem.

"Aí eu me ofendi e propus:

"– O senhor quer ir comigo falar com o adelo, agora mesmo? É um negociante conhecido.

"O tipo afrouxou:

"– Não, não, posso estar enganado. Mas ia garantir que não estou. É o feitio, é a cor, é o tamanho."

– Foi-se embora. E eu voei para casa. Um susto medonho, não sei como tive tanta calma. Tirei a roupa e disse à mulher: "Leva este diabo ao intrujão, dá sumiço a isto." A gente não deve usar as coisas que rouba.

A conclusão vinha quase em forma de conselho: o ótimo ladrão parecia querer livrar-me de tais vexames. Também me agradava a figura tranquila de seu Mota. Apesar de ser vítima de uma iniquidade, pois não se envolvera em política, mantinha na prisão excelente humor. "Bom dia." Estava ali junto, emoldurado pelo mosquiteiro entreaberto, os óculos a faiscar. A voz nunca se alterava, e a afável saudação nos transmitia serenidade. Realmente só vi seu Mota zangar-se uma vez. Fazia uma semana que nos conhecíamos, e ele me narrava os seus começos. Fora secretário da prefeitura em Corumbá, ou Cuiabá, não me lembro. De fato quem se responsabilizava pela administração era ele, que o prefeito, coronel e analfabeto, não entendia de verbas.

– Esse matuto viajou para o Rio e lá ficou três meses. Dirigi o pessoal na ausência do homem e fiz boa arrecadação. Quando ele chegou, havia em caixa trinta contos, naquele tempo uma fortuna. Arrumei o balancete e dei ao prefeito a chave do cofre. Não faltou um tostão.

O meu vizinho interrompeu-se, um minuto se conservou absorto, o olhar distante, mergulhado nas suas recordações. Súbito inquiriu:

– O senhor acredita? Acha que eu entreguei esse dinheiro?

– Sem dúvida, seu Mota. Ora essa!

O ex-secretário da prefeitura de Corumbá teve um longo suspiro:

– Entreguei. Foi uma doidice. Com trinta contos nas mãos, e passei a outro esse dinheiro todo. É o remorso que me persegue na vida.

Seu Mota concluiu, exaltando-se:

– Eu era muito novo. E muito burro.

capítulo 25

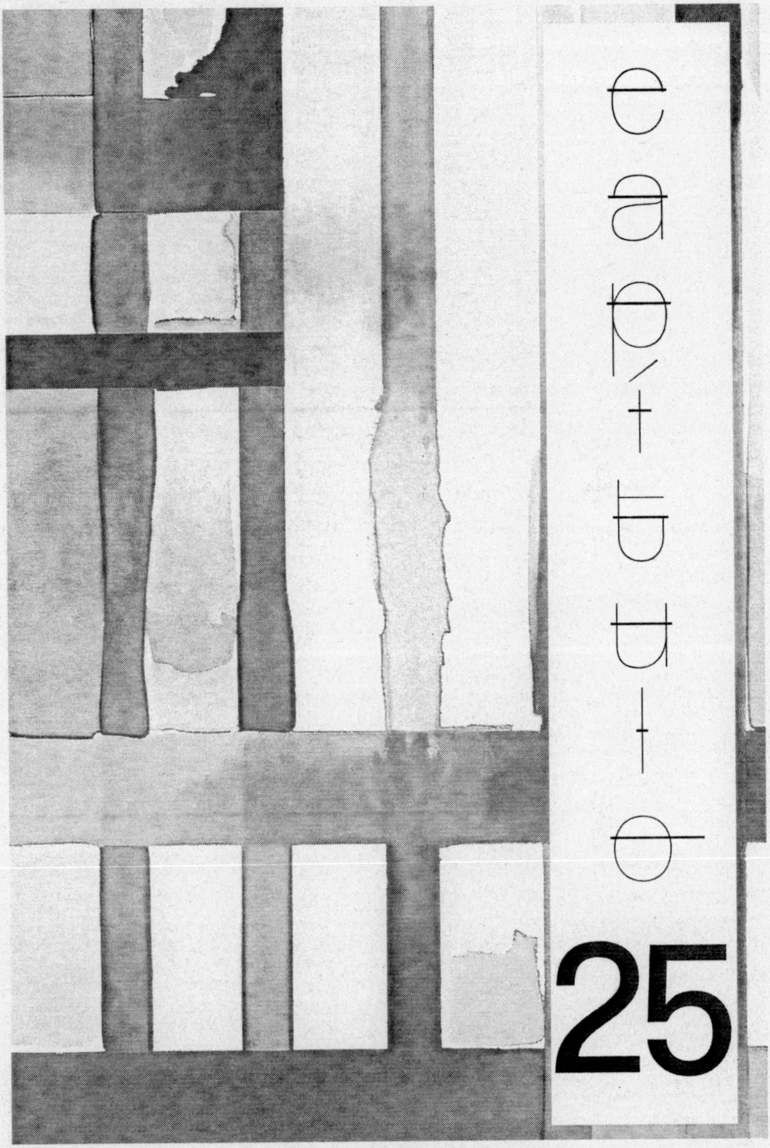

CUBANO chegou-se a mim com uma proposta:

– Vou apresentar o senhor a Paraíba. Ele sabe muito.

– Conheço de vista. Vamos lá.

Percorremos o galpão, encontramos ao fundo um mulato claro, de olho vivo, a conversar baixo com um sujeito arriado.

– Paraíba – disse o negro –, aqui seu Fulano vai escrever uma história e vem pedir a você algumas informações.

Diabo. A notícia do livro chegara a Cubano, talvez à polícia; não me deixariam salvar as notas guardadas na valise.

– Informações? – estranhou Paraíba interrompendo os cochichos.

– Sim, coisas de vigarismo. Diga como é que você trabalha.

O tipo formalizou-se:

– Nós não devemos confessar a leigos os mistérios da nossa profissão.

Essa frase pulha enjoou-me. Pensei na linguagem simples de Gaúcho e fiquei ali de pé, sem nenhum interesse. Cubano insistiu, e enfim o mulato acedeu, com um gesto de profissional que manda um consulente para a sala de espera.

– Bem. Demore um pouco. Estou ocupado em negócios.

E voltou à conversa. Tinha na mão um cinto de malhas brancas e pretas, a imitar escamas. A outra personagem mostrava-lhe um porta-níqueis.

– Como você está vendo, o cinto é meu. Pele de lagarto. Compare. É meu.

Cubano afastou-se, e ali fiquei reparando na transação. Paraíba teve um risinho zombeteiro:

– Seu?

– Sim. Lagarto, como a bolsinha. Não está vendo?

– Era seu, concordo. Mas agora foi comprado por mim. Dei por ele cinco milréis.

– Quem vendeu?

O vigarista melindrou-se e atentou no parceiro com ar de imenso desprezo:

– Você me acha capaz de fazer uma denúncia? Ora! Comprei a um dos nossos companheiros.

O outro se desmoralizava inteiramente, sucumbia, representando o infeliz papel de otário. Paraíba iria zombar dele, exigindo o cinto, e desmanchava-se uma reputação. Otário. O desgraçado vergava o cachaço, a gaguejar; a minha presença aumentava-lhe o embaraço. Depois de gozar longo tempo aquele constrangimento, o vigarista fez um gesto macio de gato, ofereceu esta escapula ao podre rato:

– Não se incomode. Eu lhe cedo, sem lucro, o cinto. Custou cinco mil-réis.

Esse descaramento incrível e a humilde postura da vítima aguçavam-me a curiosidade.

– Muito caro – gemeu uma voz sumida.

– Então, nada feito. Você não vai exigir que eu tenha prejuízo.

Afinal concedeu:

– Como se trata de um camarada, eu perco dois mil-réis. Leve o cinto por três, e o caso morre aqui entre nós.

Além do furto, chantagem. Afrouxou mais cinco tostões. Com um suspiro, a criatura arrasada largou-lhe dois mil e quinhentos, retirou-se afivelando o cinto.

E Paraíba atendeu-me:

– As suas ordens.

Referi-me à frase dele: não desejar confessar os mistérios da profissão. E resolvi metê-lo em brios dizendo não acreditar nos mistérios:

– Tudo isso é velho e já foi contado milhares de vezes pelos jornais. Vocês não têm originalidade.

– O senhor se engana – protestou o velhaco. – Nós jogamos com armas psicológicas.

O vigarista falava bonito e pretendia, julguei, não revelar as suas destrezas, mas fazer uma conferência literária. Continuei a duvidar:

– Pouco provável. As armas psicológicas de vocês são como as dos caixeiros-viajantes: sempre as mesmas lábias. Ausência de imaginação.

– Como é que o senhor sabe?

– Pela repetição dos truques. E pela natureza das vítimas, pobres matutos que andam pelas ruas de boca aberta. A psicologia de vocês dá para conhecer essa gente. É fácil. Não se aplica a outros indivíduos.

Paraíba me olhava com um sorriso de mofa. Insisti, querendo arrancar-lhe as astúcias apenas mencionadas:

– Certamente encontrei lá fora centenas de colegas seus. Nunca nenhum se chegou a mim. Por quê? Teriam notado pelo meu jeito que eu não tinha dinheiro? Seja franco. Você me ofereceria o paco? Você me acha com cara de lhe comprar um bilhete premiado?

– Não – concedeu Paraíba. – Com o senhor, eu uso o golpe da velha.

– Como é lá isso?

Paraíba se decidiu:

– Eu me aproximo do senhor, com uma carta na mão: "Cavalheiro, por obséquio, sabe onde fica esta rua?" O senhor me dá a informação, e eu respondo aflito: "Ah! Não acerto. Cheguei ontem do interior, não consigo orientar-me." Puxo conversa, falo numa tia doente, provoco a sua piedade. "Se o senhor quisesse ir comigo a este endereço." Dou a entender que um favor tão pequeno salve talvez uma vida. O senhor vai.

– Supõe que essa lengalenga me desvie das minhas ocupações?

– Sem dúvida. Nós somos atores. O senhor vai. Quando chegamos ao destino, sai da casa um sujeito com uma pasta debaixo do braço. É o esparro. Eu me dirijo a ele: "Seu doutor, um momento." E passo-lhe a carta. O esparro finge ler e me responde:

" – Meu caro, essa letra se vence o mês vindouro.

"– Mas só faltam quinze dias, seu doutor.

"Tiro do bolso um papel selado e represento uma cena triste. O senhor vai compreendendo a história aos pedaços. O sujeito deve dez contos a minha tia, e ela está de cama, para morrer; gastou as reservas com a farmácia e o médico. Tento por todos os meios tocar o seu coração, e pelos modos nem dou pela sua presença ali. Procuro entender-me com o outro:

"– Veja, seu doutor, a pobre da velha está nas últimas. Tinha aquele sítio que lhe vendeu. Vim tratar disso, cheguei ontem. Se não houvesse muita precisão, eu não tinha arriscado esta viagem antes do vencimento. Não está legal? – mostro o papel: – Só faltam quinze dias.

“O homem confessa a dívida, mas não quer pagar adiantadamente. Aí eu proponho dez por cento de redução:

“– Liquide isto hoje por nove contos, seu doutor. Ganhe um conto de réis e faça uma obra de caridade.

“O devedor recusa, e eu ofereço vinte por cento:

“– Oito contos, recebo oito contos, que o aperto é grande.

“Impossível. O esparro mostra impaciência, olha o relógio e vai embora. Caio num desânimo enorme.”

– Que é que eu faço? Como vê, desperto no senhor dois sentimentos: a piedade e a cobiça. Não vou assustá-lo com ofertas vantajosas, lidas em notícias de jornais. A minha habilidade consiste em levá-lo pouco a pouco a admitir que a proposta feita ao esparro lhe foi apresentada. O senhor não desconfia de um matuto infeliz e ignorante: emprego o vocabulário e a pronúncia da roça. Os dois sentimentos vencem a prudência; observo o seu rosto, mostro- lhe o papel. O senhor examina a data, a assinatura, os selos. Tudo em ordem. Arranjo um pretexto para acabar-lhe a resistência. Entramos na casa, subimos o elevador, vemos lá em cima um escritório com esta placa na porta: *Fulano de Tal. Advogado.* É o nome que está no documento. O senhor não vai perguntar se o homem da pasta é o dono do consultório. Vê os móveis, a instalação; o proprietário é rico. Descemos. Entro em cheio no assunto. Não lhe peço os oito contos de que falei ao esparro: desejo apenas um conto ou dois, e ofereço a letra como garantia. Afianço voltar no vencimento, procurá-lo, receber o dinheiro e dar-lhe o duplo da quantia que recebi. Um lucro excessivo, mas a velha está moribunda e isto ainda pode ser considerado favor. Sou um roceiro ingênuo: trago-lhe ocasião de liquidar a letra na minha ausência e guardar tudo. O senhor afasta essa ideia ruim, ela aparece de novo. Percebo na sua cara a luta dos dois sentimentos. A sua inteligência baixou, as suspeitas adormeceram: tenho probabilidade forte de arrancar-lhe o cobre.

Estive um minuto em silêncio, olhando o vigarista com algum respeito. Na verdade, o ofício dele não era tão simples como eu supunha. Um técnico, evidentemente; linguagem de pessoa educada. Manifestei-me:

– Paraíba, há um erro fundamental na sua exposição. Você é um artista, reconheço, mas a sua psicologia agora falhou. Não me seria possível acompanhá-lo ao escritório do bacharel. Vivo sempre ocupado, e as ocupações dos outros não me interessam. Nada me desviaria do meu caminho para resolver as dificuldades de um transeunte. Se alguém me pedir uma informação, respondo, e não saio do lugar onde estou. Além disso, os dois sentimentos a que você se referiu são fracos em mim, não chegam a perturbar o juízo. Cobiça, para bem dizer, não tenho: a sua letra de dez contos me deixaria em completa indiferença. E as velhas doentes não me inspiram compaixão muito grande. O fim das velhas doentes é a morte; não tenho meio de evitar isso. Há desgraças em toda a parte. É absurdo condoer-me de uma criatura invisível que um desconhecido menciona.

capítulo 26

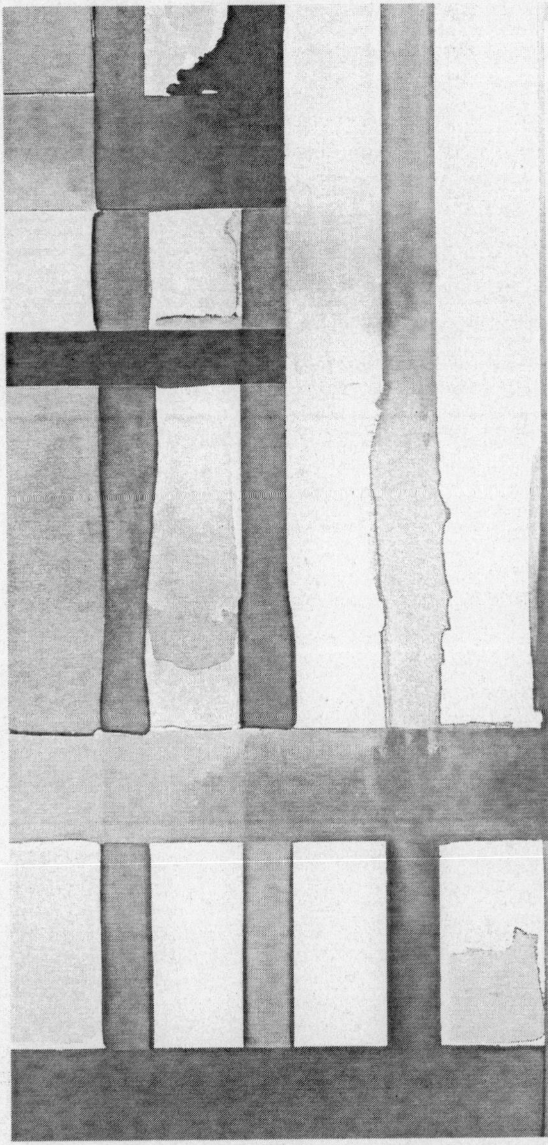

DOMÍCIO FERNANDES, o *chauffeur* que viajara comigo no porão do *Manaus*, morreu à noite. De manhã, quando se varria o alojamento e os presos arejavam no curral de arame, o cadáver foi retirado, em cima de uma tábua. Vi de longe o embrulho fúnebre; não se percebia nenhuma parte do corpo; fora envolto provavelmente no cobertor ou na rede. Iam enterrá-lo assim.

Virei-me. Afastei-me daquilo. Apesar de viver numa espécie de anestesia, abalei-me, senti a morte avizinhar-se de mim. As dores no pé da barriga cresceram, a tosse me deu a certeza de que os pulmões se decompunham. Iriam levar-me qualquer dia enrolado no lençol tinto, vermelho de hemoptises. Era coisa prevista, imaginada sempre, mas o jeito de fazer o enterro, a mudança de uma criatura humana em pacote jogado fora sem quebra da rotina, expôs-me com horrível clareza a insignificância das nossas vidas. Não se indagava a causa da súbita desvalorização: bastava a nossa presença ali para justificar o lento assassínio. Lembrei-me de Leal, desesperado, em busca de razões desnecessárias; talvez estivesse próximo o fim dos tormentos dele. Uma apresentação desviou-me um instante as ideias negras; em seguida, concorreu para fortalecê-las. Um companheiro, a caminho das filas do trabalho, parou junto de mim, acompanhado por um sujeito moreno.

– Você achou impossível o caso de Tiago, não acreditou. Pois Tiago é este, ele pode confirmar.

E contou de novo a história, que me deixara incrédulo meses antes, no Pavilhão dos Primários. Tiago servia na marinha inglesa, muitos anos viajara em linhas do Pacífico. Um dia, tivera o pensamento infeliz de se dirigir à América e saltara no Brasil, depois de longa ausência. Levado pelo amor, encaminhara-se ao Mangue. De volta, chamara um táxi. E ao saltar no cais do porto, ouvira a escorchante exigência da patifaria nacional: cem mil-réis pela corrida, um furto.

"– Você está maluco – protestava Tiago. – Pensa que sou gringo? Nasci no Rio, tenho isto de cor. Tome vinte mil-réis, que é muito, e guarde o troco."

Berros do *chauffeur*:

"– Ladrão, comunista!"

Apitos, rolo, gritos, homens de farda, Tiago no embrulho. O chão molhado, a esteira, pulgas, percevejos, afinal o interrogatório.

"– Que anda fazendo aqui? – perguntara um delegado. – Qual é a sua missão?"

Tiago não tinha missão nenhuma: era marinheiro na Inglaterra e conhecia Java e Singapura. Brasileiro, tivera saudade, revira a pátria e fora ao Mangue. Apenas. Queria regressar ao navio, falar inglês, viajar novamente no Pacífico.

"– Está bem, está bem – resolvera o delegado. – Você fica. Não é bom que esse negócio seja contado lá fora. Você fica.

" – Doutor – afirmara Tiago –, prometo não dizer uma palavra, esquecer-me do Brasil. Se me aparecer numa rua a nossa bandeira ou estiverem tocando ali o Hino Nacional, torço caminho, volto, passo longe. E deixo de falar português."

Essa promessa de nada servira. Tiago virara comunista, perdera o lugar no paquete – e, de cabeça rapada, vestindo zebra, carregava tijolos na Colônia Correcional.

Grave, a testa enrugada, escutava a narração e movia a cabeça aprovando em silêncio. Era aquilo. Se a boia nojenta, os piolhos, os mosquitos, decidissem matá-lo, Tiago sairia do galpão como Domício Fernandes, em cima de uma tábua, envolto num lençol.

A história incrível me importunou o dia inteiro. De regresso ao alojamento, pus-me a remoê-la contra vontade; meses atrás parecera-me invencionice, e este juízo ainda persistia, apesar da confirmação do protagonista: recusava-me a admitir que ele não houvesse omitido qualquer coisa. É horrível estarmos a remexer um fato incompreensível. A minha prisão era justa, na opinião de Leal. Pois não passara a vida inteira a encher-me de letras radicais, a procurar sarna para me coçar? Refletindo, achei a situação dele explicável também. A dele e a do beata José Inácio, que a bordo se zangara comigo, rosnara exibindo o rosário de contas brancas e azuis no peito veloso: "Quando nós fizermos a nossa revolução, ateus como o senhor serão fuzilados."

Certamente era ridículo perseguir essas criaturas. Mas podíamos conjeturar vinganças, denúncias de inimigos ocultos, a canalhice de um chefe empenhado em suprimir eleitores da oposição. Tiago não tinha inimigos no Brasil, não votava, ninguém lhe ambicionava o emprego ordinário na frota mercante inglesa. A absurda acusação de um patife burlado fora suficiente para inutilizá-lo. Era inacreditável. Não me fazia mossa o ato injusto; afligia-me ser impossível imaginar uma razão para ele.

Disparate. Convencia-me disto – e continuava a esforçar-me para achar qualquer vantagem na imensa estupidez. Uma apenas me ocorreu, já muito repetida. O governo se corrompera em demasia; para aguentar-se precisava simular conjuras, grandes perigos, salvar o país enchendo as cadeias. Mas as criaturas suspeitas, e os homens comprometidos na Escola de Aviação, no 3º Regimento, na revolução de Natal eram escassos, não davam para justificar medidas de exceção e arrocho, o temor público necessário à ditadura. Assim, prendia-se um viajante alheio aos sucessos do Brasil. Os jornais aplaudiam. Na publicidade rumorosa, Tiago reunia-se aos outros, vago conspirador anônimo.

Os tipos juntos ali com esse intuito safado não tinham sossego, viviam numa indignação permanente, e alguns ainda esperavam reabilitar-se na polícia; declaravam-se vítimas de engano. O espanto do velho Eusébio, os sustos, as tremuras, permaneciam; na cara arrepiada estampava-se o sorriso inquieto e mofino; a voz esmorecia a gemer desculpas: "An!" Respeito imenso à propriedade e aos evangelhos. Pessoa de consideração: "An!" Esse encolhimento e essas evasivas contrastavam com a energia de Claudino, de Aleixo, de Francisco Chaves, os três negros ocupados sempre em conciliábulos no fim do galpão. Admirava-me a serenidade, a frieza de Aristóteles Moura, conhecido meses antes no Pavilhão dos Primários. Nunca lhe notei uma queixa, um gesto áspero. Nenhuma ferida nos melindres de pequeno-burguês aviltado na piolheira social. Não se aproximava nem se afastava dos vagabundos; mantinha-se mais ou menos distante, nada o contagiava. Subia pelos pés de uma das camas unidas que formavam longo estrado junto à parede, recolhia-se, tomava um livro. Se alguém lhe falava, interrompia a leitura, respondia calmo, paciente, em poucas palavras, a voz monótona, e findava: "É só." Depois abria o livro.

Também me surpreendia o comportamento de Álvaro Ventura, meu parceiro de *poker* no cubículo 35 do Pavilhão. Naquele tempo, não revelava de nenhum modo se perdia ou se ganhava; nunca vi tanta serenidade no jogo. Enquanto Sebastião Hora, um médico, se excedia, golpeava a mala que nos servia de mesa, Ventura, simples estivador, largava as fichas tranquilo, indiferente. Agora, de volta do trabalho, suado, coberto de pó vermelho, parecia ainda estar sentado na cama, em frente a mim, exibindo as cartas, despojando-se das fichas de papelão. Viera na primeira leva, demorava-se muito, e era como se não se ressentisse do tratamento. Vinha-me a impressão de que ele se julgava metido numa espécie de jogo e aceitava os riscos sem se alterar: as perdas estavam previstas. Alguns indivíduos tinham maneiras insensatas, davam mostra de querer prejudicar-se. Uma noite, na revista, dois rapazes da marinha entraram a discutir, azedos, acabaram atracando-se.

– Desgraçados! – exclamou Cubano intervindo e aplicando aos contendores meia dúzia de safanões. – Vocês estão doidos?

– Que foi? – gritou da porta o guarda.

– Nada não – respondeu Cubano.

Ficou um minuto a resmungar conselhos enérgicos, afastou-se. Os marinheiros voltaram à discussão e pegaram-se de novo. Aí o guarda aproximou-se e levou-os. A chave tilintou na fechadura, a grade se abriu, desapareceram.

– Veja o senhor – disse-me Cubano mais tarde. – Fiz o que pude para salvar aqueles infelizes. Não me ouviram, estão na cela.

Iam dormir no chão, descobertos, e o alimento seria reduzido. Perdia-se a estranha benevolência de Cubano, expressa em murros. Pior talvez que a cela foi o castigo humilhante aplicado a Baptista, o português hábil no canto de galo, conhecedor de algumas frases mil vezes berradas para chatear-nos: “Por causa de uma aventura galante...” Já não podia expandir-se desse jeito: o período irritante e o cocorocó tinham desaparecido. Um dia o obrigaram a ficar muitas horas de pé num canto, os braços cruzados, o rosto junto ao muro. Na sujeição ridícula, a natureza do homem se revelava em patadas leves, o protesto de menino teimoso.

Um curioso monólogo afastou-me dali certa manhã, levou-me de chofre ao sertão do nordeste. Achava-me deitado numa esteira. Súbito uma voz sobressaiu no zumbido confuso da multidão, e espantei-me de reconhecer a personagem que falava, poucas vezes percebida na semana de pesadelo gramada no porão do *Manaus*. Lembrei-me do nome e do tipo: era João Francisco Gregório, caboclo robusto, desconfiado, o sujeito mais inocente do mundo, na aparência. A fala cantada e lenta sussurrava perto; não me era possível distinguir a figura, mas vinha-me desejo de rir ao encontrar de novo, na pachorra e no tom, a ingenuidade manhosa da minha gente.

– Moço – dizia João Francisco –, eu não entendo isso que o senhor está dizendo, não. Sou da família e da igreja, devoto de São Francisco, não quero saber de barulho. Nem penso em revolução, Deus me livre. Quando me soltarem, caio no trabalho e nas orações; foi nisto que me criei.

Calou-se. O intruso se havia afastado. Ergui-me, vi a criatura mordendo um sorriso astuto.

– Nas orações, hem, seu João Francisco? – murmurei.

O vigoroso caboclo examinou os arredores:

– Tinha graça, na minha idade, eu me abrir com esse provocador. É a terceira vez que me vem com histórias, sem me conhecer. Sei lá donde ele saiu? E não gosto de conversas.

Guardou silêncio um minuto, olhou-me de soslaio, continuou:

– Preciso aguentar-me aqui. Tão cedo não me largam, fico de molho, sem dúvida. Um dia volto para a minha terra e entro num bando, vou matar soldado na guerrilha. É o que interessa, as discussões não servem para nada. Estamos no meio de espiões; fecho a boca e me livro deles. O senhor não resiste um mês: com certeza morre de fome. Eu posso viver aqui alguns anos, estou acostumado a passar miséria. Depois eles me botam na rua. Aqui eu não dou armas à polícia. Lá fora, quando chegar o momento de pegar no pau furado, entro na dança.

Agradeci interiormente esse desabafo, estranho em pessoa que pouco antes se mostrara simulada e cautelosa. A paciência enorme, a saúde firme de mandacaru em tempo de seca e o plano realizável em futuro remoto fizeram-me esquecer um instante as chagas medonhas envoltas em algodão negro, a tosse dos tuberculosos, o ferrão dos piolhos e dos mosquitos, o embrulho fúnebre saído para o cemitério, numa tábua. João Francisco não teria o fim do pobre Domício Fernandes. Queria viver e matar soldados.

capítulo 27

O PADRE de Mangaratiba, numa longa visita, procurou salvar as nossas almas.

– Formatura geral.

Era de manhã, o frio cortante nos arrepiava as cabeças peladas, estávamos no curral de arame. Organizaram-se as filas, o reverendo surgiu com o tenente Bicicleta, o oficial de beiço rachado, passeou algum tempo a examinar-nos, depois de colocar-se junto à grade, risonho, esfregando as mãos, um brilho de contentamento nos olhos. Sem dúvida nos julgava animais perigosos enjaulados. Entrava na jaula, mas sentia-se defendido, livre das nossas garras, e esfregava as mãos, satisfeito. Indisfarçável aquele ar de triunfo e segurança. Ficou alguns minutos em silêncio, o sorriso a espalhar-se em todo o rosto, em seguida iniciou a catequese num discurso mastigado, cheio de erros pavorosos. Nunca ouvi tanta besteira. Logo no princípio, engasgou-se e recorreu atarantado a uma poesia do Conde Afonso Celso. "Seria enorme crime não amar aqui a Deus." Atrapalhou-se muitas vezes, e sempre que isto acontecia largava a citação maluca; se havia no mundo lugar onde o amor a Deus estava naturalmente excluído, era aquele. Felizmente, o orador não me via a cara. Achava-me no segundo lugar da fila, atrás de um repórter volumoso bastante para esconder-me, e fazia em voz baixa comentários ao sermão e à literatura do Conde.

Naquele dia, tivemos uma surpresa. Estávamos de braços cruzados, como de ordinário; mas, no decorrer da evangelização, os guardas se azafamaram de um lado para outro, a mandar-nos que os descruzássemos. De fato não mandavam: pediam em cochichos, tinham-se de chofre amaciado. Obedecíamos. Ao cabo de um minuto, voltávamos à posição humilhante: impossível ficar de outro jeito. Havia nas linhas um contínuo movimento de braços a estirar-se ao longo dos corpos, a retomar a postura maquinal. Em alguns presos esse comportamento era ostensivo, percebia-se neles prazer em desgostar os nossos verdugos. A covardia dos funcionários causava-me espanto. Confessavam daquele modo as violências e os abusos, esforçavam-se por ocultá-los e supunham estupidamente que os auxiliaríamos. Isso me fez pensar em coisa vista pouco depois da minha chegada. Não me isentara do imundo refeitório e via-me na obrigação de sentar-me nos bancos negros, fumando para atenuar o fedor horrível. Certo dia, correu um boato: alguns jornalistas iam visitar-nos. A hora do almoço, notei modificação na sala estreita e longa: nas tábuas dos cavaletes a pavorosa boia se disfarçava debaixo de folhas de alface. O medo à reportagem nos explicava o uso das máscaras verdes, inúteis, pois a visita não se realizou. Agora, na presença da religião, os nossos carcereiros fingiam brandura, e esta falsidade nos revoltaria se a lenga-lenga do padre não nos divertisse.

Não havia meio de achar a peroração. Avançava, recuava, dava por paus e por pedras, como se tivesse o desígnio de nos afastar do céu, a meter sempre no aranzel a cunha poética: "Seria enorme crime não amar aqui a Deus." Encolhia-me para não ser visto e alargava-me em elogios graves sussurrados na orelha do vizinho da frente. Larguei um disparate cabeludo, o moço perdeu os estribos e pôs-se a rir. O pregador interrompeu-se, o oficial de beiço rachado fez um gesto, o rapaz saiu da fileira, avizinhou-se da grade e foi submetido a um ligeiro interrogatório. Voltou e segredou-me:

– Veja só. Quando este idiota for embora, tenho de me apresentar a Bicicleta. É o diabo. Com certeza vai mandar-me para a cela.

Estremeci. Por minha causa o pobre ia ficar às escuras, receber um pires de feijão por dia, sem conseguir estirar-se no cubículo molhado e exíguo, de um metro e pouco. Achar-me-ia na obrigação de responsabilizar-me, dizer ao homem de beiço rachado que a culpa era minha: sem as pilhérias bestas, não teria havido o riso. Ao mesmo tempo, uma ideia cautelosa insinuava-se, malandra: a honradez excessiva não serviria para nada; o mais certo era meterem os dois na cela; querendo salvar o companheiro, ia prejudicá-lo, tomar-lhe o espaço reduzido. "Seria enorme crime não amar aqui a Deus." O estribilho deixava-me indiferente, impossível achar graça nele. Desejei ouvi-lo estirar-se, adiar o encontro do rapaz com o tenente. Não havia jeito de me resolver. Iria denunciar-me? Ou deixaria outro ser punido em meu lugar? Na verdade, a minha falta não era grande: apenas me distraíra a lançar observações a respeito da eloquência do padre e da literatura da citação, usada sem propósito.

O infeliz tivera o desplante de zombar disso claramente, às barbas da autoridade. Pior para ele. Assim falava no íntimo, e ainda me conservava indeciso, a condenar-me, a inocentar-me. O rapaz fora leviano por me haver escutado. Evidente. A culpa era minha. Teria coragem de revelar-me, tentar eximi-lo?

Uma ideia fúnebre me ocorreu: na desgraçada situação em que me achava encerrar-me por gosto na ratoeira medonha era um suicídio. O meu companheiro, homem robusto, poderia aguentar-se ali uma semana; depois recobraria as forças. Não me seria possível resistir. A perna entanguida, as dores no pé da barriga, o torpor no estômago vazio, a tosse, arrepios de febre tornavam irrealizável a honestidade. É estranho um indivíduo perceber que não tem meio de ser digno. Mas relutava em convencer-me disto, não via a exigência de comportamentos diversos em condições diversas. Com efeito, lá dentro os melindres de consciência embotam-se, alteram-se os valores morais – e o nosso dever principal é existir. Por isso, os atos de solidariedade avultam em demasia, não os esquecemos. "Seria enorme crime não amar aqui a Deus." Imbecil. Na ânsia de fixar-me numa decisão, e o pensamento a desviar-se para a frase idiota. Enfim, talvez o rapaz não estivesse ameaçado como julgava, e era doidice arriscar-me antes de saber a resolução do tenente. O caso findaria numa leve censura e não valia a pena expor-me. Deixaria para manifestar-me se houvesse perigo. A solução me pareceu razoável e de algum modo me tranquilizou. Contudo, ainda me restavam dúvidas. Iria realmente condenar-me, se fosse preciso? A pergunta me afligiu um instante, inclinei-me em seguida a afirmar que sim.

O padre tornou a referir-se ao enorme crime e pôs fim à declamação, fatigado e vermelho na manhã fria. A arrumação das palavras dera-lhe trabalho e suor. Esteve algum tempo a observar-nos, o largo contentamento expresso na cara. Atravessou a cancela e desapareceu. Deixamos as filas. O meu vizinho chegou-se ao tenente do beiço rachado e teve uma conversa rápida com ele. Estava calmo, risonho; evidentemente não provocava nem uma ligeira admoestação. Despediu-se como se nada houvesse acontecido. Fui procurá-lo:

– Então, não vai para a cela?

– Não. Expliquei ao tenente que tinha rido porque a poesia do Conde me dava prazer. Bicicleta aceitou a explicação e deixou-me em paz. Com certeza admira o Conde.

capítulo 28

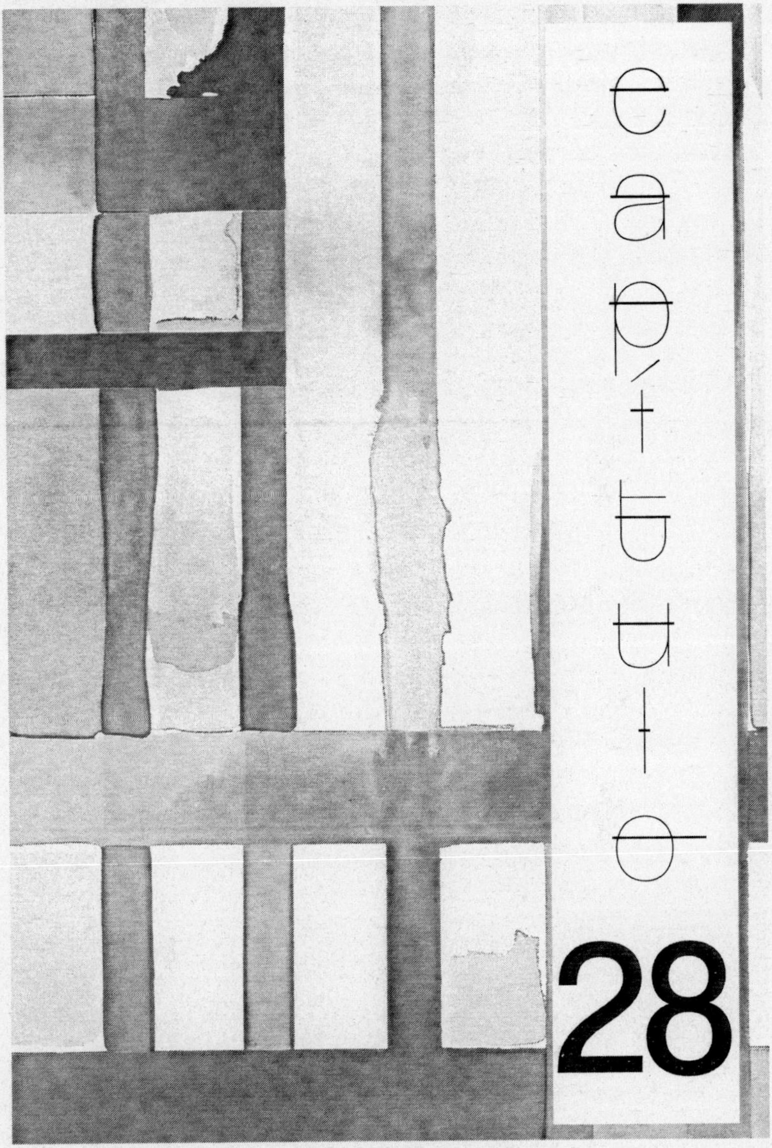

AS TURMAS haviam saído para o trabalho e no galpão restavam apenas os doentes. Sentado na cama, esforçava-me por entender um livro, relendo páginas; rumor de tosses, gemidos, casavam-se à leitura, especialmente os uivos de um malandro cafuzo, que pedia uma injeção de morfina. Um grito levantou-me a cabeça:

– Gaúcho!

Perto da grade, Alfeu chamava o arrombador, que saía do banheiro, despido, enxugando-se numa toalha de rosto, e, sem se voltar, respondeu áspero:

– Já vou.

Outro berro, e o ladrão se afastou com vagar irritante, a esfregar-se. Tinha na coxa um monstruoso falo tatuado; a glande ficava abaixo do joelho.

– Gaúcho!

– Estou nu. Vou-me vestir.

E dirigiu-se às tábuas do fundo. Alfeu marchou atrás dele, furioso, alcançou-o no fim do alojamento, deu-lhe uma bofetada, lançou-o por terra.

O escrunchante ergueu-se, tirou com a toalha a areia pegada no corpo úmido, aproximou-se da roupa, vestiu a cueca, recebeu novo golpe, caiu, levantou-se rápido, abotoando-se. Terceira queda, e vestiu uma das mangas da camisa, a outra ficou para depois da quarta. Assim conseguiu enfiar as calças. Às vezes resistia às pancadas; cambaleava, endireitava-se, prosseguia na custosa operação, atento. Não esboçou um gesto de defesa, nem sequer tentou cobrir o rosto. O soldado batia sem pressa, dando-lhe o tempo necessário para arrumar-se nos intervalos da surra. Isso durou uns cinco minutos. Afinal o desgraçado afivelou o cinto, meteu nas casas todos os botões e disse tranquilo:

– Bem. Agora podemos ir.

E acompanhou o soldado. À noite, quando me apareceu na visita ordinária, revelei o meu espanto:

– Ó Gaúcho, você podia ter evitado aquela desgraça. Por que não atendeu logo ao chamado?

– Vossa mercê não entende – respondeu o escrunchante. – Ele fez o que eu desejava, não houve desgraça nenhuma. Aquilo é treinamento do sistema nervoso, é ginástica. Sem exercício, eu enferrujo aqui dentro; quando sair, não posso arrombar direito uma casa, volto ao serviço com as juntas perras.

Guardou silêncio um instante, depois resvalou numa confissão temerária:

– Eu tenho um plano: vou fugir. Foi por isso que lhe vendi a cama, não precisava dela. Antes de um mês, estou no Rio.

– Difícil.

– Não, senhor. Já fugi de Fernando de Noronha. Isto, sim, foi difícil. Pirar daqui é brincadeira de menino. Basta arranjar um saco, um pedaço de pau, um cordão e uma caixa de fósforos.

Estranhei. Para que diabo serviam coisas tão diferentes?

– Eu lhe digo. Sabe qual vai ser a consequência da minha brutalidade com Alfeu? A sova foi apenas o começo; qualquer dia mandam-me para as vigas.

Estremeci.

– Que horror, Gaúcho! Não pense nisso.

Era um castigo medonho, pior que a cela, e apenas se infligia a homens robustos e perigosos. Estavam separados de nós. Às vezes, pela manhã, durante o curto banho de sol, víamos essas criaturas em fila, conduzindo troncos pesados. Vagarosos, passavam a pequena distância, a vacilar, trôpegos, vergando ao peso da carga. As pontas dos madeiros apoiavam-se nas cabeças, nos ombros, e os infelizes arrastavam-se, dois a dois, jungidos pela horrível canga. Se um traquejava, tombava, o companheiro via-se coagido a serviço duplo, no cocuruto uma rodilha, a trave em cima, equilibrando--se mal, as extremidades a subir, a descer. Aquilo formava uma gari, gorra sinistra, o espigão em marcha ronceira, titubeante. Avanços, recuos, tombos, quase impossível a geringonça manter-se em posição horizontal. Se se desconchavava, o sujeito era obrigado a arrastá-la. Polícias, com sabres desembainhados e açoites, não concediam trégua no duro esforço.

– É terrível, Gaúcho.

– Não, senhor. A gente nas vigas tem algumas vantagens. Há comida. Ruim, mas há. Aqui nós morremos de fome. É de lá que eu vou fugir.

Olhou em roda, baixou a voz, desenvolveu o projeto:

– Arranjo o saco, o pau, o cordão, meto isso debaixo da camisa e, na hora do trabalho, guardo tudo no mato, longe das vistas. Escondo nos bolsos o que pegar na cozinha, restos de pão, carne, qualquer boia e, no corte de madeira, arrumo no saco esses mantimentos. É preciso ter paciência, não há pressa.

– E o cordão, Gaúcho? E o cacete?

– Bem. O cordão serve para amarrar a boca do saco, por causa das formigas. O cacete, o senhor vai ver depois. Um dia, no transporte das vigas, corto o pé com um caco de vidro e vou-me atrasando, manquejando. Sapecam-me o lombo, querem obrigar-me a andar como os outros, mas estão vendo muito sangue, sabem que me estrepei e largam-me. Não posso acompanhar a turma, dão-me um carrego leve; continuo remanchando e depois de algumas horas estou na ponta da fila. Numa volta do caminho, quando não me avistam, jogo fora a madeira, corro à moita onde escondi os troços, agarro tudo e caio na mata. Aí não me acham. Descobrem a fuga tarde: estou longe, ninguém adivinha que rumo tomei. A ilha é grande. Está no bolso a caixa de fósforos, porque à noite preciso uma fogueira para me defender das cobras. Tenho de viver nas brenhas muitos dias, até que a vigilância afrouxe. Na primeira semana há um corre-corre dos diabos, e não faço a doidice de me aproximar da costa. Fico na serra, entocado, como bicho. Se a boia acabar, assalto a casa de um desses caipiras. É aí que entra o cacete. Chego-me devagar, espio, descubro uma velha junto do fogo, preparando a gororoba. Estudo a ocasião, vou-me abeirando por detrás da mulher, dou-lhe uma cacetada na cabeça e levo a panela. Isto é ruim e só se usa em caso de aperto, porque a notícia se espalha e a guarda percebe que ainda não me escapuli. O meu interesse é que ela esteja na dúvida. Aguento-me quinze dias, um mês, afinal se esquecem de mim, volta o sossego. Vou-me aproximando e observo isso com muito cuidado. Aproveito uma noite de escuro ou de chuva, desço ao porto, desatraco uma canoa, meto-me nela e toco para Mangaratiba. Mas desembarco fora do povoado, fujo das casas e não viajo em trem, é claro. Entro no Rio a pé, acompanhando a estrada de ferro.

Calou-se, e apresentei-lhe esta objeção:

– Você fala com uma certeza esquisita. Pode ser que as coisas não se passem como você imagina.

– Ora essa! Falo porque tenho prática, não é a primeira vez que me desenrasco. É assim que se faz.

Em seguida, referiu-me à evasão de Fernando de Noronha, mas havia nela sérias dificuldades, e não me seria possível hoje reproduzi-la. Esqueci quase tudo. Essa história não me despertou muita curiosidade, talvez por encerrar um lance romanesco, façanha incompatível, parece-me, com a natureza do meu amigo. Supus que a fantasia dele houvesse forjado o caso, pelo menos grande parte do caso estranho. Em geral, aqueles homens devaneavam, enxertavam pedaços de sonho na realidade. Afasto o juízo temerário, concebo alguma verdade na proeza de Gaúcho. Enfim, as narrações dele articulavam-se com rigor. Dessa, na verdade, singular, perdeu-se o começo. O arrombador escapara da prisão, arranjara um bote e fizera-se ao largo. Não tinha velejado muito e recebia uma descarga: alguns perseguidores navegavam para ele. Deitara-se, livrara-se das balas. Depois, manejando vela e remo, conseguira distanciar-se um pouco. Ainda longe do continente, naufragara a embarcação dos caçadores. O fugitivo recuara, avizinhara-se deles e, com esforço, recolhera todos, meio mortos. Prosseguira e ao cabo de horas alcançava uma praia deserta. Pusera em terra quatro soldados exaustos, sem armas, e embrenhara-se no Rio Grande do Norte, sempre caminhando para o Sul.

– E como foi que você viveu nesse tempo? – informei-me.

– Roubando, fazendo miséria.

– Diabo! – exclamei atônito. – Você perdeu uma boa oportunidade. Era fácil reabilitar-se.

– Não, senhor. Nunca pensei nisso. Não aprendi nada. Só dou para roubar, é o que sei.

Essa franqueza levou-me naquele momento a aceitar sem exame o heroísmo do sujeito absurdo. Incongruente. Mas quem não é incongruente? Não havia em Gaúcho sinal de mentira; as palavras saíam-lhe naturais, vivas, um pequeno silvo a terminar os períodos; o olho de gavião fixava-se em mim com energia, nunca se desviava. Enfim, o indivíduo singular não dava mostra de haver praticado ação notável. Sentado à beira da cama, em cueca, nu da cintura para cima, exibia os músculos rijos, os bíceps enormes. Bem. Aquela força visível podia ter realmente salvo os quatro soldados. Observando o corpo vigoroso, baixei o olhar às pernas, ri-me: lá estava numa delas o remate da figura obscena.

– Ó Gaúcho – inquiri –, você não acha um horror essa tatuagem? Por que não mandou pintar coisa menos indecente?

– Isto é o meu cartão de visita – respondeu o escrunchante. – Quando entro na cadeia, os veteranos vão-se chegando, e sei perfeitamente as intenções deles. Se não tivesse a marca do ofício, estava perdido, era uma pessoa enrabada. Os tipos se assanham e eu tiro a roupa devagar. Eles veem a tatuagem e baixam o fogo: compreendem que sou lunfa e mereço respeito.

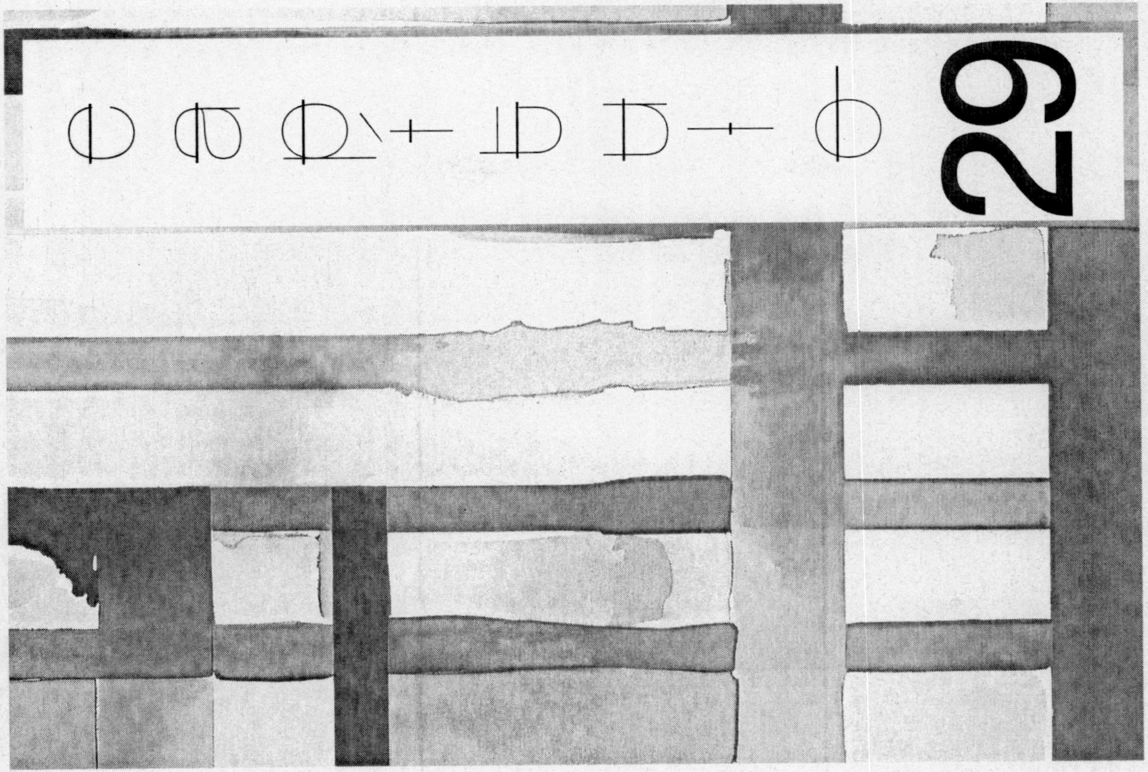

capítulo 29

CUBANO bateu palmas à hora do almoço, e os homens se alinharam. Desviei-me, como sempre fazia, esgueirei-me para as camas vizinhas ao lavatório; ouvi gritarem-me o nome:

– Seu Fulano, entre em forma.

Voltei-me:

– Obrigado, não quero almoçar.

O negro estava diante de mim, decidido, sem nenhum vestígio das amabilidades ordinárias:

– Não estou perguntando se o senhor quer, estou mandando. Entre na fila.

– Tolice, Cubano – respondi com mau modo. – Você não me dispensou das formaturas?

Essa réplica foi inútil: o moleque aproximou-se, cochichou-me ao ouvido, a voz trêmula:

– Perdoe-me. Eu não posso deixar o senhor morrer de fome. Vai à força.

E agarrou-se comigo, em luta desigual, absurda. Achava-me num espanto imenso, cheio de fúria e vergonha. E parecia-me sobretudo ridículo envolver-me em briga daquele gênero com um vagabundo, na presença de novecentos homens em linhas pasmas, os braços cruzados. Minutos antes, folheando papéis, sentado na cama, tal ocorrência não me atravessaria o espírito. Demência. Apesar de ter vivido muitos anos no sertão, convivendo com gente meio bárbara, nunca me viera precisão de recorrer ao músculo. De fato, os pobres músculos se haviam atrofiado; impossível extrair deles o vigor necessário. Dias gastos numa repartição, no exame de processos, noites consumidas no lento arranjo de frases, o espinhaço curvo, estragam definitivamente um organismo. Ao chegar ali, firmava-me com dificuldade, a arrastar a perna trôpega. E agora, ausente da mesa onde me davam, em prato de folha, um caldo insípido e ralo, com três rodelas de cenoura, sentia-me arrasado. Uma semana de jejum completo, mais de uma semana, conjeturo. Nessa infeliz situação, bambo, atracar-me a um bicho forte, habituado aos rolos das favelas, era estúpido.

Movia-me em desespero, atacava, defendia-me à toa; com certeza os meus golpes não tinham nenhum efeito. O moleque, rijo, nem se ocupava em revidá-los: todo o esforço dele consistia em procurar segurar-me os braços. Um murro me lançaria ao chão. Tive consciência disso, percebi que o estranho adversário me poupava e limitei-me a fugir às mãos ásperas, aos dedos de ferro. A enorme cólera juntou-se uma gratidão insensata. Perseguia-me a escusa estapafúrdia, no meio daquele desconchavo: "Não posso deixar o senhor morrer de fome. Perdoe." Excelente propósito, sem dúvida, mas o jeito de realizá-lo indignava-me. Muitas vezes o rapaz me oferecera conselho:

– O senhor fuma demais. E não come. Isso é ruim. Veja se pode engolir qualquer coisa.

– Não. Obrigado. É impossível.

Nunca me passara a ideia de que ele fosse capaz de levar-me a semelhante apuro. Amável, serviçal, procurava tornar-nos a vida menos dura no lugar infame. De repente, a inopinada agressão. Gente singular, meio esquisito: até para revelar sentimentos generosos, era indispensável a brutalidade. Na desordem, mexendo-me ao acaso, via-me forçado a achar razoável o disparate: o homem recorria à violência com o intuito de prestar-me favor, e admiti que não podia comportar-se de outro modo. Tinha um coração humano, sem dúvida, mas adquirira hábitos de animal. Enfim, todos nos animalizávamos depressa. O rumor dos ventres à noite, a horrível imundície, as cenas ignóbeis na latrina já não nos faziam mossa. Rixas de quando em quando, sem motivo aparente; soldados ébrios a desmandar-se em coações e injúrias. Essas coisas a princípio me abalavam; tornaram-se depois quase naturais. E via-me agora embrulhado num pugilato.

A zanga e o reconhecimento ferviam-me no interior. Súbito uma confusa piedade engrossou-me o coração. Tive pena do infeliz amigo, que se aventurava a medidas extremas, julgando salvar-me a vida. A irritação esmoreceu: provavelmente ele devia sofrer. Continuava a defender-me; na confusão, tínhamos andado vários metros, pouco a pouco nos chegávamos à porta, onde a guarda assistia ao fuzuê. A indisciplina me ocasionaria provavelmente a cela, estreita e escura. Não pensei nisso. O perigo imediato, sucumbir, entrar na fila, marchar de cabeça baixa, sentar-me no refeitório nauseabundo, eliminava riscos afastados. Empenhava-me na resistência, que se ia tornando bem difícil: a minha estulta compaixão associava-se aos movimentos de Cubano; sem dúvida ele iria subjugar-me.

Um berro medonho nos interrompeu. Virei-me, enxerguei por cima do ombro o malandro cafuzo que, dias e dias, uivava junto à grade pedindo uma injeção de morfina. Rolara de uma tábua e espojava-se na areia do alojamento, em gritos, a barriga nua exposta a uma nuvem de moscas. De relance, notei uma ferida aberta, um jorro de sangue preto derramando-se nas virilhas, nos pelos do ventre, nas pernas, formando uma poça no chão. Sacudi-me, livrei-me das garras fortes do vagabundo:

– Vá para o inferno, Cubano. Eu posso comer vendo uma desgraça desta?

A criatura desviou-se, e ao cabo de um minuto as linhas moveram-se, entraram no curral de arame, articularam-se no pátio branco. Ficamos sós no galpão, o doente caído na terra vermelha, eu de pé, atordoado, inútil. Aproximei-me dele, perguntando a mim mesmo se era possível fazer qualquer coisa. Evidentemente não, mas resistia em conformar-me com isso.

Fui à porta, olhei pelas barras de ferro, procurei um soldado, um funcionário, chamei. Ninguém. Nenhuma assistência ao infeliz. Voltei para junto dele, fiquei algum tempo a ver o líquido escuro esguichar do buraco, sob o voo das moscas. Faltavam desinfetantes. Aquilo arruinara, apodrecera ao abandono, e o sujeito, com os intestinos avariados, manifestava a dor e o medo em queixas estertorosas. Lembrei-me das palavras do médico ao examinar-me a eventração:

"– Apendicite?

"– Psoíte.

"– Vamos operar isso. É fácil."

Estremeci com horror desconhecido naquele tempo. Se me houvesse entregue às facas dos magarefes, acabar-me-ia assim, decompondo-me sem tratamento, devorado pelas muçuranas. A horrível chaga era pouco mais ou menos à altura da minha cicatriz, abaixo das últimas costelas direitas.

O homem provavelmente ouvira oferta igual àquela, baixara a um hospital miserável, fora cortado à pressa numa sala isenta de assepsia. A voz era um grunhido rouco:

– Uma injeção de morfina, pelo amor de Deus.

O pedido insistente no deserto arrasava-me os nervos. Arredei-me, fui sentar-me à cama, abri o livro, repisei coisas da Índia. Não sei como obtive esse volume encadernado, com ilustrações. Enquanto ali vivi, tornou-se em mim um hábito folheá-lo, mas nunca entendi um período: sabia apenas que se tratava de coisas da Índia. Irritava-me a demora dos companheiros, o almoço interminável. Se estivessem ali, talvez algum achasse meio de socorrer o pobre. Dizia isso a mim mesmo, embalando-me numa esperança indecisa e hipócrita. Nenhum auxílio, evidentemente. O meu desejo era que o galpão se enchesse e o rumor das tosses, o zunzum das conversas, palavras ásperas, contendas amalgamadas num burburinho constante, abafassem o ronco lastimoso. Pensava em distanciar-me, dirigir-me às tábuas do fundo, e continuei ali, contando os longos minutos. Com frequência, levantava a cabeça, via, a seis ou oito passos, a barriga preta, onde o sangue estancara. Os gemidos caíam monótonos, e parecia-me que a ele se juntava o surdo zumbir das moscas. Ilusão: àquela distância não se ouvia o débil som, mas distinguia-se bem o esvoaçar dos bichos em cima da carne rasgada. Naquele momento a perna direita me incomodava em excesso. Difícil arrastar-me: talvez por isso não me haja decidido a refugiar-me nas tábuas do fundo, longe do queixume ininterrupto. A briga física havia-me exaurido. Burrice. Enrolara-me em coisa semelhante no curso primário, e desde então as encrencas se aplainavam sem muita grosseria. Julgava-me um tipo mais ou menos civilizado. Agora isso desaparecia.

Um bruto, evidentemente. Um bruto cansado, a vista a espalhar-se, turva, nas paredes sujas, detendo-se num ventre aberto, num orifício glutinoso, no voo de insetos vorazes. O cafuzo ia morrer, sem dúvida.

– Uma injeção de morfina.

A súplica desmaiava, era um rumor abafado, arquejante. Se a não tivesse ouvido muitas vezes, não me seria possível entendê-la. As palavras sumiam-se, desarticulavam-se, como a enregelar-se num torpor de morte. Descerrou-se a grade, as filas entraram no alojamento, desfizeram-se; as vozes espalharam-se, fundiram-se no rumor coletivo. Erguendo a cabeça, não percebi o corpo exangue na areia vermelha. Bem. Agora estava sobre a tábua donde resvalara, junto à porta. Findo o almoço, decidiram acomodá-lo. Ia enfim aquietar-se; pelo menos a agitação nos escaparia. E à tarde, com o regresso das turmas do trabalho, poderíamos distrair-nos passeando entre as esteiras, ouvindo, aqui, ali, uma história, uma anedota.

Cubano falou-me, solícito, camarada: a luta da manhã não lhe deixara vestígio no espírito. Busquei lembrar-me dela. O pensamento desviava-se, os olhos prendiam-se com insistência na figura imóvel junto aos varões de ferro.

À noite, a visita de Gaúcho não me deu prazer: achava-me desatento, murcho. E depois do silêncio, estirado, a maleta servindo-me de travesseiro, presas entre as coxas as duas bandas do lençol tinto de hemoptises, não consegui dormir direito. O sono vinha, fugia. Modorras desagradáveis partiam-se, e nesses intervalos abalavam-me os sentidos meio dormentes os ruídos noturnos: papaguear desconexo e delirante, revoluções de tripas, gemidos, tosses. Avultavam nisso os arquejos do malandro. Eram, na verdade, quase imperceptíveis, mas feriam-me como pregos. Fazia muitas horas que tinham cessado; capacitara-me disto. Ressurgiam, prolongavam-se, estertor de moribundo teimoso. Por que não morria logo aquela criatura?

– Uma injeção de morfina, pelo amor de Deus.

Era apenas um sussurro, quase indistinto. O pedido esmorecia, inútil. Pela madrugada enxerguei vultos em redor da tábua, curvados, em cochichos. Teriam vindo enfermeiros? Estariam abreviando e entorpecendo a agonia do homem? Retiraram-se. Os lamentos enfraqueceram ainda, espaçados, sumiram-se.

Ao levantar-me, vi o cafuzo imóvel e sereno. Afastei-me, com este horror aos mortos, de que não me livro. Fomos aquecer-nos ao sol, no curral; as turmas saíram para o trabalho. Quando voltei ao alojamento, o cadáver tinha desaparecido. Saíra provavelmente enrolado num cobertor, como Domício Fernandes.

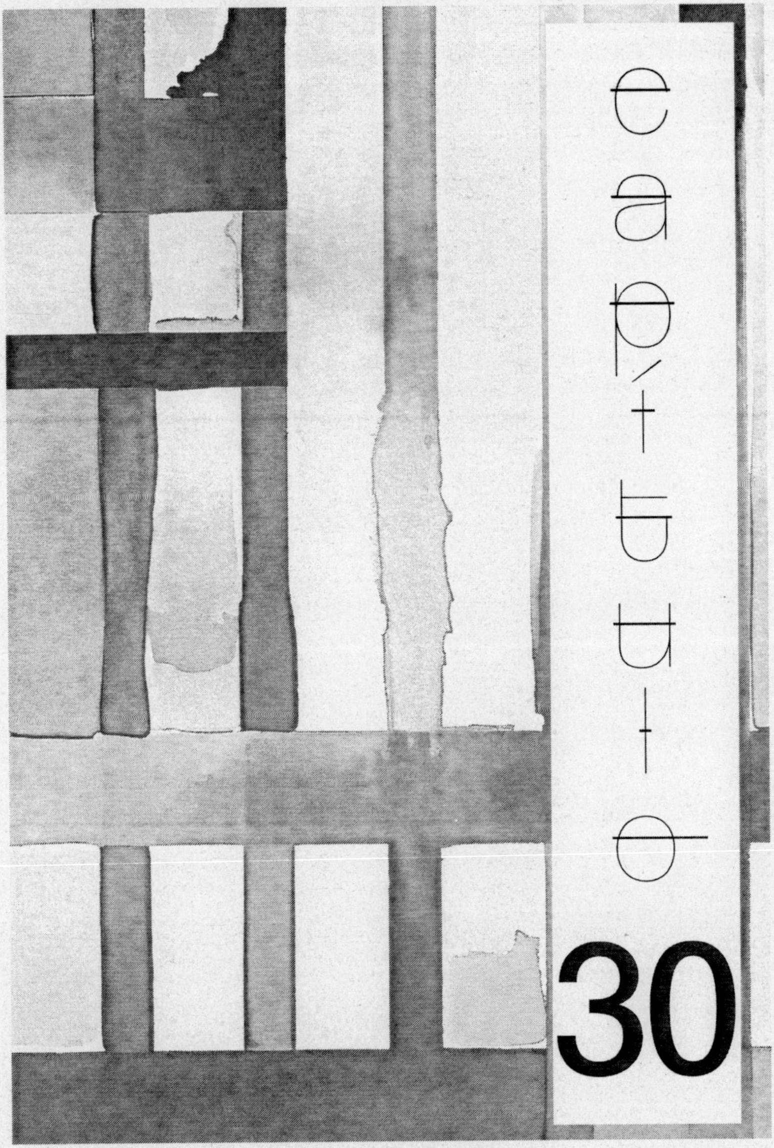

capítulo 30

CERTA manhã, os paranaenses foram chamados à secretaria e voltaram num ruidoso contentamento: no dia seguinte, com dois rapazes do Nordeste e alguns ladrões e vagabundos, deixariam a Colônia. Essa notícia me causou viva inquietação. O nosso grupo se desconjuntava, segundo o hábito que me parecia regra na cadeia. Uma parte ficava ali; outra se juntava a pessoas desconhecidas, ia formar em lugares diferentes novos aglomerados instáveis. No Pavilhão dos Primários, qualquer boato a respeito de mudança nos tirava o apetite. Agora aqueles homens estavam alegres em excesso: provavelmente não seriam soltos, mas a transferência devia ter para eles quase o valor de uma libertação.

Felicitei-os, procurando sentir prazer com o afastamento incompreensível. Achava-me, na verdade, cheio de inveja e despeito. Resolução estúpida. Van der Linden e Mário Paiva, meus companheiros no porão do *Manaus*, cuspiam sangue, coitados, precisavam realmente sair. Mas Zoppo, Cabezon,

Petrosky, homens fortes, podiam resistir mais alguns dias. Petrosky era um gigante. Ao vê-lo arrumar a bagagem, vagaroso, pesado, com jeito de boi, achava-me em completo desânimo. Impossível aguentar-me. A agonia do malandro cafuzo importunava-me. A chegada, arrastava-me a custo; olhando-me a cara, o tenente Bicicleta me dispensara do trabalho. O meu fim estava próximo, com certeza. E abandonavam-me naquele inferno.

Passei o dia remoendo ideias lúgubres. Iam enterrar-me ali. Um pacote leve, alguns ossos envoltos nas duas bandas de lençol, tintas de vômitos sangrentos. Embrulho imundo, anônimo, em cima de uma tábua. Enfim, não pretendiam corrigir-nos: queriam apenas matar-nos, dissera o guarda vesgo na primeira noite, procurando esconder o braço pequeno, atrofiado. "Quem tem protetor fica lá fora. Os que chegam aqui vêm morrer. Todos iguais." Sem dúvida. O malandro cafuzo, Domício Fernandes, revolucionário de Natal, assassinados, iguais, sem dúvida. Todos iguais. Ia acabar-me assim. Natural. Se pudesse entrar na fila, sentar-me no refeitório ignóbil, ingerir pedaços da boia infame, talvez conseguisse estender um pouco a vida hesitante. Impossível. Cubano voltaria a agarrar-se comigo, em luta física, para obrigar-me a comer. Os bons propósitos dele se perderiam.

Esses pensamentos desagradáveis foram interrompidos à tarde. Chamaram-me à grade, mandaram que me apresentasse ao diretor. Que diabo seria? Essa gente nunca me falara. Vesti a roupa de casimira por cima do pijama e, sem gravata, julguei-me decente para falar à autoridade. Abriu-se a porta, saí em companhia da força, atravessei o pátio, fui levado à casa onde me haviam espoliado antes de me rasparem a cabeça.

Entrei numa saleta, vi sentado a uma banca um homem de rosto fino, duro, silhueta recortada em lâmina de faca. Logo reconheci o médico, o diretor suplente que viajara conosco na lancha, entre senhoras acomodadas em cadeiras de vime. Avancei, detive-me a pequena distância da mesa. O sujeito de fisionomia cortante, em silêncio, estendeu-me um papel. Li. Era um telegrama chamando-me com urgência ao Rio.

– Está bem. Quando viajo?

– Amanhã, com os outros.

– Está bem.

Ia retirar-me, atordoado: não esperava tal coisa. Por que não me haviam juntado aos outros? Decisão de última hora, certamente. Dirigi-me à porta, uma lembrança deteve-me: recuei, murmurei à toa, sem escolher palavras:

– Ó doutor, quer fazer-me o obséquio de mandar procurar uma carteira que me furtaram aí na secretaria?

O sujeito olhou-me severo e respondeu firme:

– Aqui não se furta.

– Santo Deus! – tornei. – Aqui não se faz outra coisa. Todos nós somos ladrões. Por que é que estamos na Colônia Correcional? Porque somos ladrões, naturalmente. Pelo menos é esta a opinião do governo. O senhor ignora que lá dentro usamos os casacos pelo avesso, para os nossos amigos não nos meterem as mãos nos bolsos?

Larguei isso com um sorrisinho mau, impertinente, repisando frases. O objeto perdido não me faria grande falta, nem uma vez pensara em reavê-lo. Mas, feita a reclamação, pegava-me a ela, por ver que estava causando aborrecimento ao funcionário antipático. Insisti, ele mandou chamar o rapaz da secretaria.

– É isto – expliquei. – Uma carteira que os senhores me furtaram no dia da chegada. Estão aqui o porta-níqueis e o cinto, com monogramas. Há na carteira um monograma igual.

– O senhor tem recibo? – perguntou o sem-vergonha.

– Não, homem. Você já viu ladrão dar recibo do que furta?

— Ah! Não fui eu.

— Então foi um colega seu. Vocês todos se entendem.

O sujeito negava a pés juntos.

Insisti na reclamação por teimosia, só para chatear o médico. Certamente não me iriam atender: limitava-me a acusar sem provas, e era impossível identificar o culpado na multidão confusa. No caso dele, meter-me-ia nas encolhas, evidentemente; qualquer indivíduo sensato faria o mesmo. Não me passava a ideia de que ele fosse denunciar-me. E continuava a segurar-me a um direito vago, indemonstrável, enquanto a frase do guarda zarolho me feria a lembrança: "Aqui não há direito." O homem de cara metálica esgotava a paciência, com certeza; necessário decidir-me a largar o caso enfadonho, que nenhuma vantagem me podia trazer. Depois de viver naquela miséria, sem alimentos, sem banho, encurralado como bicho, sugado por mosquitos e piolhos, resguardando-me com trapos sujos de hemoptises, ocupar-me assim de um prejuízo insignificante era absurdo.

Ao entrar na Casa de Detenção, agarrara-me a um frasco de iodo quase vazio que me queriam tomar, defendera-o com vigor, mostrando uma unha já cicatrizada; conseguira salvá-lo e jogara-o no lixo, pois não me servia para nada. Qual seria o motivo dessa obstinação, agora repetida? Julgo que o meu intuito, embora indeciso, era reaver uma personalidade que se diluíra em meio abeto. Exigindo o frasco inútil, esforçava-me por eliminar do espírito vestígios do horrível porão, onde supus enlouquecer. As esteiras imundas, o refeitório ignóbil, pessoas transformadas em animais selvagens, morrendo à toa, justificavam segunda impertinência. Não se tratava só de molestar uma figura desagradável. Junto à mesa, olhando o telegrama, aparecia-me a avidez de reentrar enfim na humanidade. Lembro-me de, naquele instante, me haver considerado trapaceiro e mesquinho. Prevalecia-me da situação para dizer palavras insensatas na véspera, e isto de algum modo significava um procedimento covarde. Senti que aquela gente – soldados e guardas ébrios, insensíveis, obtusos – já não me causaria mal: o telegrama tinha pouco mais ou menos o valor de uma carta de alforria. Havia nessa reflexão força bastante para fechar-me a boca. Não me calei. E o moço da secretaria, negando sempre, começou a perturbar-se. De repente, saiu. Dispunha-me a sair também, avizinhava-me da porta, quando ele entrou de novo e me estendeu a carteira:

– É esta?

Recebi-a, tirei do bolso o porta-níqueis, desafivelei o cinto, fui colocar tudo sobre a mesa, conferi os monogramas:

– Está aí, doutor. O ladrão veio trazê-la. E o doutor a dizer que aqui não se furta. Engraçado.

Recolhi os três objetos, rindo alto. Mordia os beiços para reprimir a manifestação ruidosa, e não me continha:

– Aqui não se furta. Adeus, doutor. Muito obrigado.

O médico levantou-se, acompanhou-me até a cancela do curral. Pela primeira vez, achava-me vigiado por um sujeito de importância, mas isto de nenhum modo atenuou as humilhações anteriores. Naquele momento, com a viagem fixa para o dia seguinte, inclinava-me a dispensar a cortesia inopinada. O homem tencionava provavelmente, julguei, abrandar-me o conceito motivado pela cena desairosa à administração. Ao sair, espantava-me de ele não haver dito uma palavra de censura. E mais me surpreendia o desazado comportamento do velhaco: repelira a acusação frágil, depois se embrulhara, perdera os estribos e condenara-se estupidamente. Isso corroborava o meu juízo a respeito dos ladrões: gente vaidosa e potoqueira. Mas aquele, na verdade, era inferior aos outros. Descuidista, imaginei.

No pátio branco, as árvores enfileiradas, marciais, despojavam-se das folhas amarelas, que voavam lentas na aragem branda. Havia no céu um desperdício de tintas. O negrume ferruginoso dos montes próximos ganhava tons dourados. E a distância, verdes e finas, as piteiras imergiam num banho luminoso. Seriam talvez seis horas.

– Que beleza, doutor! Que maravilha!

Chegávamos à cancela. E experimentei de chofre a necessidade imperiosa de expandir-me numa clara ameaça. A desarrazoada tentação era tão forte que naquele instante não me ocorreu nenhuma ideia de perigo.

– Levo recordações excelentes, doutor. E hei de pagar um dia a hospitalidade que os senhores me deram.

– Pagar como? – exclamou a personagem.

– Contando lá fora o que existe na Ilha Grande.

– Contando?

– Sim, doutor, escrevendo. Ponho tudo isso no papel.

O diretor suplente recuou, esbugalhou os olhos e inquiriu carrancudo:

– O senhor é jornalista?

– Não senhor. Faço livros. Vou fazer um sobre a Colônia Correcional. Duzentas páginas ou mais. Os senhores me deram assunto magnífico. Uma história curiosa, sem dúvida.

O médico enterrou-me os olhos duros, o rosto cortante cheio de sombras. Deu-me as costas e saiu resmungando:

– A culpa é desses cavalos que mandam para aqui gente que sabe escrever.

capítulo 31

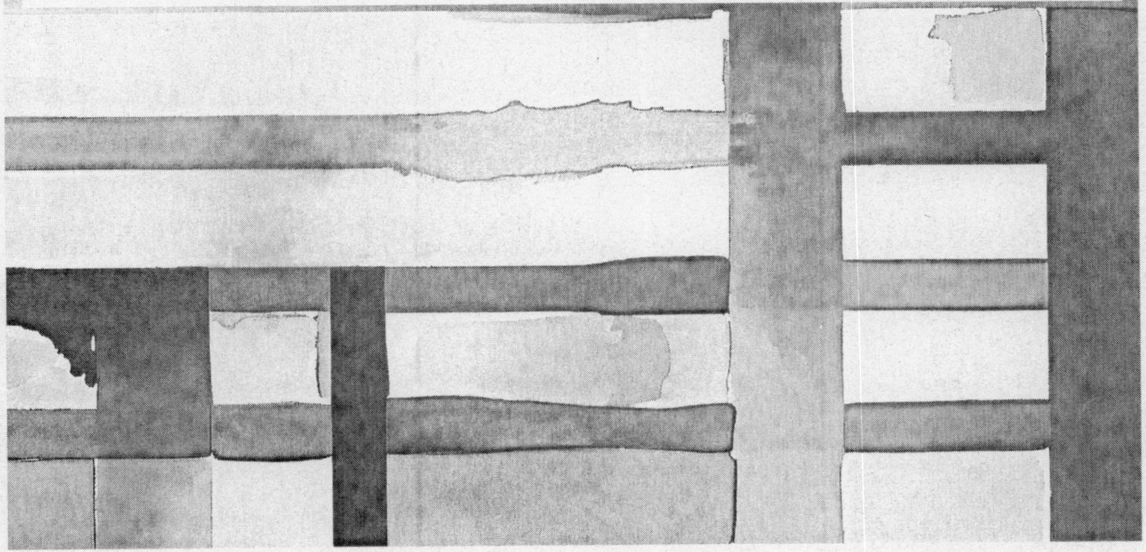

QUASE não precisava arranjar-me para a viagem. Despi-me, abri a valise, procurei algum pano limpo, sabendo perfeitamente que não iria encontrá-lo. Camisas, cuecas, meias, lenços, os dois pijamas, talvez não estivessem muito sujos, mas com certeza haviam sido lavados sem sabão: tinham cor suspeita de mofo e cardina, a ignóbil aparência dos molambos comuns na prisão.

Vesti-me. Esfreguei com o lençol coberto de hemoptises os sapatos secos e empoeirados, calcei-me, amarrei a gravata, que se enrolava como corda. Impossível disfarçar as manchas e vincos da roupa externa. Arranhava-me os dedos a aspereza da barba, nunca raspada naquele infame lugar.

Cubano ordenou a formatura, e pela última vez fui alinhar-me, observando atento a bagagem deixada sobre a cama, junto ao chapéu de palha. Desnecessária cautela: os indivíduos capazes de furtá-la achavam-se nas filas, de braços cruzados. Tinha-me, porém, habituado à vigia e maquinalmente procurava esses objetos. Os guardas fizeram a contagem, dispersamos, as esteiras se desenrolaram chiando na areia. Circulei entre elas, avizinhando-me das pessoas conhecidas, a despedir-me. Entretive-me nisso, apesar de faltarem muitas horas para a saída. Ao retirar-me, estariam dormindo. O excelente Macedo abriu generoso uma lata de goiabada; aceitei um grande pedaço, comi-o, reprimi com esforço o desejo de pedir mais. Voltava de repente a fome, fome de açúcar. Vi um dos garotos estigmatizados por Nazir, um monstro recolhido ao manicômio, à Casa de Correção, não me lembro. Já me aparecera um desses infelizes. O demente violara-os e deixara-lhes no corpo o ferrete indelével: nunca mais as vítimas se livrariam do horrível domínio, seriam durante a vida como reses marcadas a fogo por um vaqueiro.

– Levanta a manga.

A criatura miserável obedeceu, languenta e passiva: com certeza era incapaz da mínima resistência. Lá estava no antebraço descarnado a ignominiosa tatuagem: o nome de Nazir debaixo de um coração flamante. Fiquei um momento a espiar as letras azuis mal desenhadas na pele morena.

– Que significa isso?

– Amor de mãe – sussurrou uma vozinha débil, inexpressiva, cantilena sem dúvida repetida.

Era a segunda vez que me diziam aquilo. Examinei a carinha murcha, os olhos baços, o peito frágil. Pálido e sem músculos. Uma criança, parecia não ter mais de quinze anos.

– Como é que você imagina que Nazir seja sua mãe?

O aborto não respondeu. Baixou a manga e afastou-se. Concluí as despedidas, voltei à cama.

Um rapaz alto e magro chegou-se a mim, segredou-me um recado para Ivan Ribeiro. Não o compreendi e quis eximir-me dizendo ser improvável avistar-me com o tenente, no Pavilhão dos Primários. O outro insistiu e, embora tentasse decorar-lhe as palavras, não consegui entendê-lo. Para vencer a dificuldade, abri a valise, rasguei uma folha de papel, escrevi a lápis duas ou três linhas numa tira de cinco centímetros, enrolei-a, meti-a no bolso, misturada aos cigarros. Estava em segurança, confundia-se com eles.

O moço retirou-se. O que não estava em segurança eram as notas guardadas entre meias e lenços, doidice pretender levá-las. Novo trabalho perdido. Peguei-as, contei-as: umas quarenta páginas inúteis. Rebentei o cordão que prendia a esteira ao forro da cama, abri um esconderijo, meti-as ali. Quando as achassem, haveria um fuzuê dos diabos. Gaúcho e Cubano fizeram-me a derradeira visita, conversaram alguns minutos. Abracei-os ao separar-nos, afirmei que sentiria muito prazer se nos encontrássemos na rua. Parecia-me,entretanto, difícil rever-nos, e isto me afligia. Nascimento, amável e fanhoso, veio trazer-me a penosa oferta já exposta no dia do nosso encontro inicial:

– O companheiro necessita alguma coisa?

Não, decerto. Em geral, não me agradava receber, e no imundo barracão um fósforo podia adquirir valor inconcebível. Ainda me pesava na consciência a fatia de goiabada que me tentara pouco antes. Devia ter-me abstido.

– Não, obrigado. Fora daqui, em qualquer parte me aguento.

O avesso da generosidade estapafúrdia logo se manifestou num doce ronrom:

– É possível deixar alguma contribuição?

Exibi a escassa pecúnia: cédulas miúdas, níqueis – vinte ou trinta mil-réis. O meu dinheiro, guardado no cós do pijama, se queimara, virara fumaça, convertido em cigarros.

Vagabundos e malandros, em contínua ronda, não me deixavam fumar em paz, e a despesa crescia.

– Só? – perguntou Nascimento.

– É o que tenho. Está às ordens.

— Não, recusou o homem. Você não sabe para onde vai.

Guardei aqueles restos chinfrins. Realmente não tinha nenhuma ideia a respeito do meu destino. Desejaria regressar ao Pavilhão dos Primários, assistir às conferências de Rodolfo Ghioldi, rir com as brincadeiras de Apporelly, acompanhar o jogo difícil de Pompeu Accioly, campeão de xadrez. Essas figuras, desbotadas, ressurgiam, ganhavam nitidez. Ao mesmo tempo, ia-se apagando a gente anônima e esquiva que me povoara o extenso pesadelo e vinha, com pisadas leves, muda e invisível, arrancar-me da mão o cigarro. Não me seria possível reconstituir no futuro a massa informe, imponderável. Os papéis abandonados entre os ferros da cama e a esteira iam fazer-me falta. Essa perda me inquietava, desviava-me das opiniões roufenhas de Nascimento, as últimas que ouvi na piolheira da Colônia.

Achei-me enfim só, diante da valise aberta. Fechei-a, meti a chave no porta-níqueis, pesquisei o galpão, tentando fixar no espírito aquele momento: cochichos, palestras, negócios, rumor de intestinos, brigas, a diluir-se no zunzum de feira; criaturas erguendo-se, escorregando furtivas nos corredores abertos entre corpos estirados; exigências ansiosas à porta da latrina, idas e vindas, contínuo zumbir de asas no buraco de um cortiço. Na friagem da noite, aqui e ali, divisavam-se os capotes dos paranaenses agachados na arrumação de pacotes e trouxas. Os óculos medrosos do velho Eusébio faiscavam perto. "An! Pessoa de consideração", resmungaria lento e asmático embrulhando os picuás. O amor à propriedade e versículos da Bíblia ganhavam consistência na alma dele, com certeza. Vivia sempre a falar nisso, evitava encrencas e esperava salvar-se. Iam livrá-lo do refeitório, do carrego dos tijolos, do chão molhado. "An! Pessoa de consideração." As redes nordestinas alargavam-se, enchiam-se de miudezas, dobravam-se, convertiam-se em malas. Distanciando-se dali, Van der Linden e Mário Paiva recuperariam talvez a saúde.

Entre os vagabundos que nos acompanhavam, distingui o vulto sinistro de Raimundo Campobelo (ou Campos Belo; nunca lhe pude saber direito o nome). Esse negro imenso devia ter tido prodigiosa robustez. Agora o tremendo arcabouço pendia, os ombros curvos, as costelas salientes; e no carão chupado os bugalhos eram duas postas de sangue. Com os pulmões a decompor-se, arquejando na dispneia, vivia em zanga permanente, rosnando solilóquios roucos nos intervalos da tosse, a alma bárbara, solitária, longe da turba. Afeiçoara-se meses atrás a um padeirinho sambista. Um dia esse moço lhe contava uma história:

– Eu vinha do trabalho...

O enorme bruto fixara nele os olhos duros, sanguinolentos. Supunha-o malandro e admirava-se:

– Tu *trabaia*?

– Sim, trabalho. Sou padeiro.

– Fala mais comigo, não – grunhira Raimundo Campobelo dando-lhe as costas.

Daí em diante ignorara a existência do outro. Hora de silêncio. Deitei-me, suspendi a gola, defendendo o pescoço, pus as mãos entre as coxas. Na cama exposta, vizinha à grade, o vento me alfinetava as orelhas. Mas um nojo desconhecido me impedia usar os molambos sujos de hemoptises. Adormeci descoberto.

capítulo 32

ESTIVE algumas horas a embalar-me em leves modorras, perturbadas muitas vezes: o frio intenso e a preocupação da viagem davam-me sobressaltos contínuos. Perseguia-me a ideia de que os outros iam retirar-se e esquecer-me ali. Qualquer movimento me acordava.

Afinal a chave rangeu na fechadura da porta, vultos deslizaram sem rumor, os capotes grossos dos paranaenses juntaram-se à entrada. Ergui-me, peguei a valise e o chapéu, acerquei-me do grupo. Um guarda veio com uma lista, cantou os nossos nomes. Feita a conferência, descerrou-se a grade, saímos. Até que enfim. Parei um instante, a examinar o cubículo estreito onde um barbeiro canhestro se desculpara ao raspar-me a cabeça, arrancando pelos. Cheguei ao pátio; dois polícias me ladearam, segundo o costume; esgueirei-me na sombra vagamente quebrada por luzes capiongas. As árvores tinham perdido a forma, a cor, o alinhamento: escondiam-se, manchas quase invisíveis. Andei alguns metros. Até que enfim. Deviam ser três horas; chuviscos finos batiam-me na cara.

— Alto.

Parei. Não havia razão para considerar-me livre daquilo: desabafara antes do tempo, ao deixar a grade, a pequena barbearia. Numa elevação de meio metro, a pessoa que me detivera surgia indistinta, à luz fraca de uma sala miúda.

— Alto.

A repetição era desnecessária, pois me achava imóvel, entre dois soldados, à espera de ordens.

— Entre.

Subi a calçada, encaminhei-me à saleta e reconheci na figura indecisa o tenente Bicicleta.

— O papel que o senhor leva aí?

— Qual é o papel? — inquiri sem perturbar-me.

Num instante abarquei a situação. Era a tarefa exigida por Nascimento, as folhas de almaço que me esforçara por emendar a lápis retardando-me em explicações, mal-entendidos. Um sujeito se chegara de manso e, estirando o pescoço, tentara lamber a escrita com os olhos gulosos. Lembrei-me da pergunta azeda: "Que é que você quer?" O sem-vergonha, mordendo um sorrisinho malandro, se oferecera para lavar roupa. Trabalhava barato. Espião, como eu havia suposto. Aliás, a denúncia era inútil. Sem nenhuma cautela, ocupara-me em redigir as notas agora abandonadas entre os ferros da cama e a esteira. Soldados e funcionários podiam tê-las apreendido se quisessem. Desabotoei o casaco. Meteram-me as mãos nos bolsos, apenas descobriram a carteira, o porta-níqueis, um lenço, um pente desnecessário, pois me achava pelado, cigarros, fósforos. Abri a valise, Bicicleta remexeu cuecas e pijamas.

— Não há papel. Os papéis que eu trouxe, os senhores me tomaram quando cheguei.

– Não se faça de ingênuo – respondeu o tenente. – O senhor entende. Com certeza não ia ser portador do que escreveu, hem?

Nada afirmei. Também era tolice negar coisa sabida.

– Sei lá! O que tenho é isso. Veja.

Recordei-me da imprudência largada na véspera ao diretor: "Vou fazer um livro de duzentas páginas contando o que existe aqui. Digo tudo, sem dúvida."

– Veja – convidei tranquilo, revolvendo os panos sujos, encardidos, cheirando a mofo. – É o que tenho.

Bicicleta não revelava interesse naquela formalidade: até parecia indiferente.

Examinou tudo, machucou algibeiras e dobras, monologou:

– São ativos, já mandaram.

– Não sei – respondi. – Posso ir? Então adeus.

Tranquei a valise, agarrei-a, saí, desci a calçada, mergulhei na treva, flanqueado pelos dois homens que tinham ficado à porta enquanto se realizava a busca. Os chuviscos engrossavam, tornaram-se pingos fortes. Três horas, pouco mais ou menos. Os meus guardas afastavam-se, aproximavam-se, às vezes me deixavam só algum tempo. A vigilância afrouxava, inútil. O desejo de abandonar a ilha fazia-me esquecer por instantes a dormência da coxa, as picadas no pé da barriga, lançava-me para frente. Com certeza os companheiros deviam estar longe. Esta ideia me alarmava; perseguia-me um receio absurdo: iam chegar ao Abraão logo, embarcar sem mim. Rumor de passos, alguns vultos na escuridão, traziam-me sossego. Pouco a pouco a marcha penosa esmoreceu, arrastei-me com dificuldade imensa. As gotas amiudaram-se, uma chuva furiosa caiu de chofre, enregelando-me os desgraçados músculos, fustigando-me a cara, amolecendo as abas do chapéu de palha.

O enxurro desceu dos montes, engrossou no caminho, cobriu-me os sapatos, chegou-me às pernas. Baixei-me, arregacei as calças. As pancadas de água cegavam-me. Para onde me dirigia? A tiritar e a tossir, procurei alguém que me orientasse. A escolta se dispersara, julguei. Nisso percebi uma voz fraca, abafada pela zanga da ventania:

– O senhor não pode andar. Está doente?

Passei as mãos no rosto, esfreguei os olhos e, por um rasgão do véu líquido, enxerguei um cavaleiro perto.

– Estou. E com este aguaceiro medonho piorei.

– Faz tempo que ficou aí parado – acrescentou a figura indistinta apeando. – Monte.

Recusei:

– Obrigado. Não vou privá-lo da condução. Muito agradecido.

– O senhor não anda – insistiu o homem generoso. – Monte.

– É inútil. Não quero.

A criatura retomou a sela e, depois de um momento:

– Bem. O cavalo vai servir para nós dois. Segure-se aqui na maçaneta.

Inclinou-se de lado, firmando-se num estribo, deixou-me espaço, mas, embora me esforçasse, as tentativas para agarrar-me foram baldas: sentia-me exausto, os dedos hirtos e insensíveis resvalavam no couro molhado. O sujeito amparou-me com um braço; em posição incômoda e torcida, levou-me a reboque, aguentando parte do meu peso. Mexi-me vagaroso no rego lamacento, diligenciei aprumar-me, reduzir o auxílio do ótimo desconhecido. Afligia-me importuná-lo, e isto deve ter concorrido para vigorar-me um pouco. A chuva amansou, desapareceu; alcançamos terreno plano e a enxurrada escoou-se; findo o barulho tempestuoso, chegou-me aos ouvidos o som de passos confusos, intermitentes, chiando na areia mole, empapada.

A luz da manhã tingiu de leve as árvores, cresceu, revelou-me traços do indivíduo que me arrastava em silêncio. Moreno, grave, não manifestava pressa, e era como se executasse um exercício da rotina. Examinei-o a furto, interrompi a observação notando em mim horríveis estragos. Apesar de ter erguido as calças até os joelhos, não me preservara: toda a roupa se cobria de lama vermelha. Os sapatos deformavam-se, chatos, enormes, sob camadas grossas de barro, e uma vasa pegajosa entrara neles; senti os pés imundos, supus distinguir na caminhada um *gluglu* desagradável. As meias pretas, ligadas às canelas, sumiam-se, vermelhas. Tudo se avermelhava, era como se eu tivesse lavado as pernas em gelatina sangrenta. Avancei alguns metros com vergonha e nojo; um frio intenso picou-me, frio interior, provavelmente. Difícil continuar. Parei, busquei no meu condutor uma divisa, sinal de comando. Nenhuma. Soldado raso apenas.

– Meu amigo, esta viagem me arrasa. Não posso caminhar. Vamos bater à porta de uma bodega, beber um copo de aguardente.

– É proibido, o senhor sabe – respondeu o homem tranquilo. – Só se o cabo der licença.

– Mas, filho de Deus – retorqui –, eu sei lá onde está esse cabo?

Ao fim de meia hora alcançamos os outros viajantes, que haviam estacionado, à espera dos retardatários. Devíamos ser os últimos, pois à nossa chegada a marcha continuou. Renovei o pedido, e um rapaz de fita no braço afirmou que o sargento era quem resolvia. Dirigi-me a essa autoridade, expus a exigência importuna, certo de não ser atendido.

– Pois sim – concordou o homem. – Quando chegarmos ao Abraão, o senhor bebe.

– Mas é exatamente para chegarmos lá que preciso beber. Estou morto de frio.

— Tenha paciência. Daqui a pouco, já prometi.

Difícil convencê-lo: tinha conseguido mover-me debaixo do temporal; com o sol a avançar, dia claro, um princípio de calor a enxugar-me a veste imunda, não me esfalfaria. Escorando-me ainda à maçaneta, já não causava estorvo ao soldado: capenga e trêmulo, as ferroadas na barriga a atormentar-me, lá me ia deslocando, vagaroso. Um casebre fechado. Seria venda? Por que não batíamos? A necessidade urgente de álcool aperreava-me.

— Tenha paciência — dizia o comandante. — Espere.

Outras casas; caipiras feios, de pernas tortas; mulheres obesas, amarelas; crianças opiladas. Enfim, cerca de nove horas, desembocamos na povoação. Atravessamos a rua sórdida, entramos num botequim próximo ao embarcadouro. Arriei no tamborete, arfando, a vista escura, um suor frio a correr-me no peito. À mesa pequena, sentaram-se comigo dois paranaenses e o soldado que me transportara. Serviram-nos. Recusei o pão e o café:

— Não quero isso. Traga um copo de aguardente.

Com um sopro de mofa, o botequineiro deu-me as costas, erguendo os ombros. Tinha graça. O sargento chamou-o, falou baixo, e o tipo foi à prateleira, pegou uma garrafa. Cheguei-me ao balcão:

— Ouça. Para não quebrar a disciplina ponha a aguardente numa xícara. É como se fosse café.

Voltei à mesa, recebi uma xícara enorme, cheia, bebi sôfrego. Pedi a segunda, a terceira, a quarta. Apesar de ter o estômago vazio, senti apenas uma ligeira turvação. Alegre, distanciei-me da Colônia, desejei conversar e de novo me surpreendeu a esquisita sintaxe dos paranaenses: "Nós disseram." Essa estranha maneira de falar tinha-se esvaído no burburinho do galpão. Van der Linden e Mário Paiva tossiam. A carranca medonha de Raimundo Campobelo estava cavada;

nas órbitas fundas os olhos eram manchas cor de sangue; a respiração penosa descerrava os beiços grossos, exibindo os dentes fortes de selvagem. Iam mais dois malandros: o idiota do Nunes, a palrar da família, cheio de fumaças, e um mulato de cara impudente e risonha. Terminada a refeição, engoli o resto da aguardente, fiz um sinal ao dono do botequim, abri a carteira; o soldado moreno adiantou-se, estendeu uma cédula.

— Isso não — protestei. — A despesa é minha.

— O senhor nos julga bem miseráveis — disse o rapaz melindrado.

— Está sendo injusto, meu amigo — atalhei. — Eu é que seria miserável se esquecesse um favor tão depressa. Tenho boa memória e não sou ingrato. Mas o caso é este: eu sozinho gastei mais que os senhores três juntos, bebi quase uma garrafa de aguardente. É razoável eu pagar.

O moço concordou: a nuvem desfez-se e privei-me de alguns mil-réis. Saímos, passados minutos chegamos ao porto, vimos uma lancha atracada. Subimos ao tablado flutuante e embarcamos.

capítulo 33

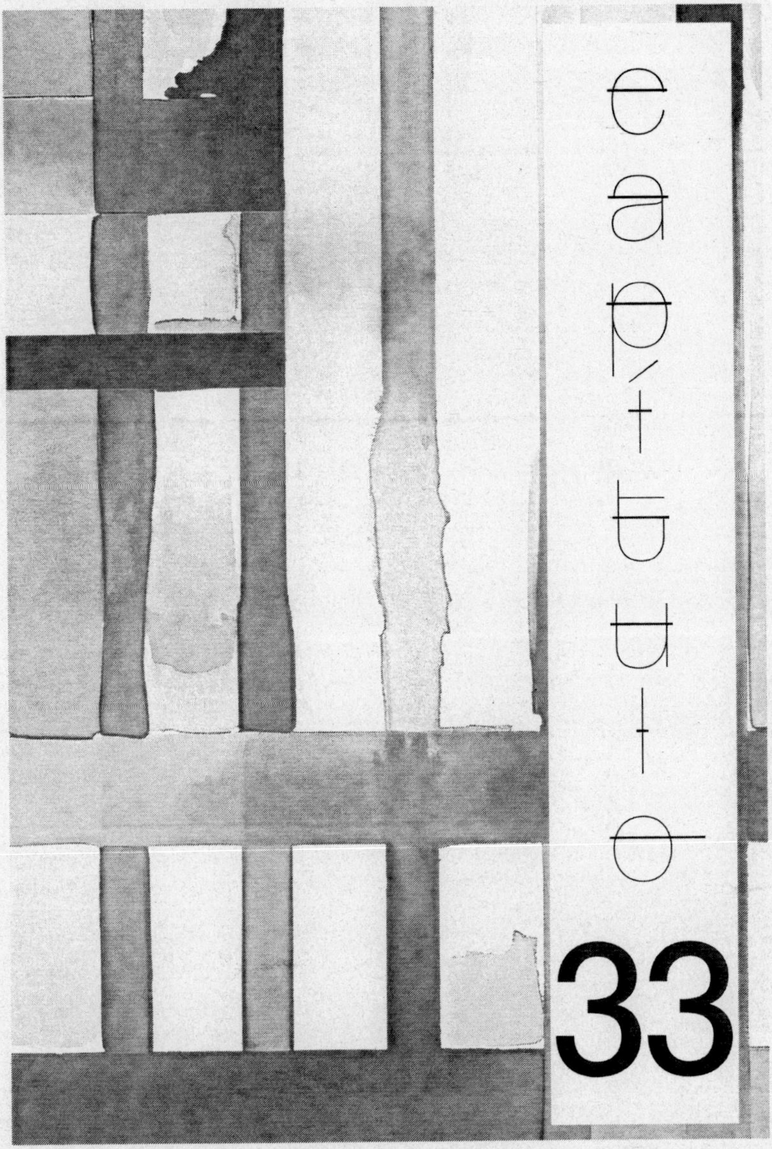

IGNORO se nos retardamos no botequim à espera da barca ou se ela chegou antes de nós. Também não sei se conduzia presos para a Colônia e se a nossa escolta foi substituída. As quatro xícaras de aguardente me impediam talvez observar direito. Lembro-me de haver caminhado nas pranchas do embarcadouro, saltado na lancha, descido ao porão. Acomodei-me entre as figuras que se animavam na sombra, riam, entregues a uma parolagem otimista, cambiando notícias absurdas a respeito do nosso destino. Os paranaenses regressariam logo a Curitiba. Van der Linden e Mário Paiva seriam enviados ao Nordeste. Só Raimundo Campobelo se isolava a um canto, arfando, a sacudir-se, na dispneia e na tosse. O arcabouço enorme dobrava-se; na sufocação, os dedos magros desabotoavam a camisa, exibiam as costelas, o esterno. Chegando-nos a ele, poderíamos contar-lhe os ossos, mas a repulsiva criatura evitava aproximação. A fala de Nunes se esganiçava numa pergunta imbecil: iria achar os parentes na estação quando chegássemos ao Rio? Com certeza, se lhes dessem aviso na polícia. Gente graúda, poderosa, contratara sem dúvida os melhores advogados para tirá-lo da prisão. Iam soltá-lo, em poucos dias se desmanchava o engano. O mulato de cara impudente e risonha puxou conversa comigo, narrou coisas da sua vida. Não lhe dei ouvidos nesse encontro inicial, apenas lhe guardei o nome: José. Sentado no chão, ocupava-me em reduzir os estragos causados pela chuva: esfregava as manchas da roupa, as meias, as pernas sujas de lama a secar; um pó vermelho me tingia as mãos, espalhava-se nas tábuas. No atropelo da viagem nem me ocorrera fumar. Vasculhei os bolsos, joguei fora uma pasta negra, úmida, nojenta, os cigarros decompostos no aguaceiro. Encontrei na valise dois ou três maços e algumas caixas de fósforos, guardei tudo nos bolsos.

Fingia interessar-me pela história de José, mas, embora me esforçasse, não a compreendia: a atenção se fixava no chapéu de palha deformado e lasso, as abas a cobrir-me os olhos e as orelhas. Examinei aborrecido o traste ridículo; não tornaria a pô-lo na cabeça. Quis desfazer-me dele. Ergui-me, segurei a valise, aproximei-me da escada, subi vários degraus. O calor principiava a incomodar-me. Avancei, atingi o fim da escada, enxerguei lá embaixo pessoas envoltas em neblina. Evaporação, julguei. Consequência provável do álcool. Foi também efeito dele, suponho, a inconveniência dos meus atos depois daquele momento. Pisei na coberta, avizinhei-me da borda, atirei na água o chapéu acanalhado.

Voltei, permaneci junto ao buraco sombrio do porão, sem me decidir a mergulhar nele. Arriscava-me a ser repreendido, coagido a enfurnar-me ali, mas não pensei nisto. Uma segurança inexplicável surgia, detinha-me. Não me forçariam a descer. As dores na barriga e o torpor na coxa tinham desaparecido.

Na posição desagradável, em pé, olhando grupos de soldados, ondas revoltas, a praia distante, devo ter-me arrimado a qualquer coisa para resistir aos balanços fortes da lancha: encosto de cadeira, uma balaustrada, coluna, amparo assim. Realmente me sentia firme na oscilação. Hoje presumo que a aguardente suprimiu a Colônia, Alfeu e Aguiar, fomes, disenterias, quatro ou seis chuveiros para novecentos homens. Quantos chuveiros? Nem sei. Suponho que me lavei uma vez. Sentia-me cheio de porcarias, a desejar uma torneira aberta. Ia banhar-me, enfim banhar-me, e isto me dava consistência. Depois do banho, considerar-me-ia um sujeito normal. Escorado no futuro, conservei-me ali, estendendo-me por terra e mar, a bagagem leve debaixo do braço.

As fisionomias dos soldados estavam baças, confusas. Inclinava-me a falar com essa gente, sondar o interior dela.

Procurei o rapaz moreno que me havia conduzido, o cabo, o sargento, figuras reconhecíveis. Não os distingui: haviam tornado à Colônia, provavelmente. A pequena distância, divisei um homem atarracado, sardento e ruivo. O resto se perdia numa grande névoa. Seria embriaguez? Não era, suponho. Desordem visual depois de semanas de jejum. As ideias estavam lúcidas, as pernas se aguentavam bem nas tábuas que se inclinavam para um lado, para outro. A anormalidade se revelava na ausência de receio, no desejo de conversar com o sujeito ruivo, que me inspirava estranha confiança. Dirigi-me a ele e, sem escolher palavras, encetei uma arenga bastante venenosa contra o governo e o capital. Sou incapaz de revelar-me em público; não chego a expor meia dúzia de períodos a meia dúzia de ouvintes; em tais apertos foge-me a expressão e deixo de pensar. Não tencionei, pois, fazer discurso: o meu intuito foi explicar-me a um sujeito inclinado na aparência a ouvir as minhas opiniões relativas à ordem. Não era difícil. Ataquei diversas instituições favoráveis aos ricos: o congresso, a justiça, a imprensa, o exército, a Colônia Correcional. Passados minutos, porém, notei que as figuras a princípio nevoentas estavam próximas, nítidas, tinham ganho fisionomias e escutavam a diatribe. Achava-me assim, a declamar horrores num comício improvisado.

Embora corresse perigo e afirmasse isto no interior, não moderei a linguagem. Iria circular a notícia daquilo e uma semana depois me devolveriam à bondade áspera de Cubano e às aventuras esquisitas de Gaúcho. Abarquei a situação com perfeita lucidez. Não me embriagara, disse a mim mesmo. Nenhum vestígio da leve tontura; o juízo e os sentidos funcionavam bem. As frases saíam arrumadas em sintaxe razoável e o exame do auditório se realizava, claro. Admirei-me de não perceber em redor sinal de hostilidade; aqueles indivíduos se mostravam curiosos, enchiam-se com certeza de espanto, e ninguém se lembrou de reduzir-me ao silêncio, como esperei, fazer-me regressar ao porão. Em geral, não aplaudiam nem desaprovavam: tinham jeito esquivo, desentendido. Alguns manifestavam franco apoio. Surgiam apartes em voz baixa. O homem ruivo e sardento, com um sorriso, muitas vezes me interrompeu o aranzel:

– Exatamente o que eu digo. Isso mesmo. Estão ouvindo?

Terminei o desconchavo na vizinhança de Mangaratiba. O povoado surgiu e cresceu. Fui reunir-me aos companheiros, que saíam do porão como ratos em tocas e logo se mudaram em carneiros. Os acontecimentos da manhã avivaram-me o conselho do sargento gordo ao saltarmos no Abraão: "Tem dinheiro? Esconda. Mostre cinco mil-réis e guarde o resto. Vai precisar." Temerário, arriscara-me a confessar onde se ocultavam as notas.

"– Irão descobri-las?

"– Não. A busca é formalidade."

Descobrira-me à toa a um desconhecido, e agora se renovava a imprudência.

Estávamos no porto. Em linha, marchamos para terra. Vi-me pouco depois num carro de segunda classe, entre dois tipos mal-encarados. Uma pergunta me enleava: que me induzira a confiar no sargento gordo e no soldado ruivo, presumíveis inimigos? Talvez possuíssemos a faculdade misteriosa de penetrar de golpe o íntimo das pessoas, encontrar lá sentimentos indefinidos na superfície. Ou não seriam indefinidos. O hábito de pesquisar, necessário em algumas profissões, tornava-se instintivo e dele se originavam as simpatias e antipatias rápidas. Mas ali não havia pesquisa, no tempo minguado, era como se as almas saltassem para fora dos corpos. Um salto, provavelmente. Qualquer coisa as fizera saltar. Observação repentina e involuntária, supus. Não me abalançaria a interrogar os dois vizinhos acomodados no banco estreito, os fuzis entre as pernas. Enxergara-os de relance e desviava-me deles, voltado para a janela, aguentando os solavancos do trem. Não me dariam nenhuma indicação, convencia-me sem precisar vê-los. Nessa altura, reconheci-me incongruente. Arrojara-me a lançar conceitos rigorosos, denegrir a autoridade na presença de funcionários dela e decerto era impossível decifrar de supetão aquelas figuras nebulosas.

Reconsiderei. Não tentara adivinhá-las. Nem me importava convencê-las. O meu intuito, no começo pelo menos, fora entender-me com o ruivo sardento, e a cavaqueira agreste apenas continuara o monólogo endereçado a ele. Percebendo outros ouvintes, não me calara, e isto significava bazófia, medo, julguei, de recuar, parecer covarde. O temor às vezes nos leva a temeridades, empresta às nossas ações aparência falsa de coragem. De qualquer modo, refleti; a cadeia nos exibia a fraqueza da reação. Lá fora, roncavam forte, como se pisassem terreno firme. Paradas, ameaças, afirmações categóricas, censura, deputados e senadores feitos bonecos, os jornais prostituídos a semear calúnias. Firmeza, um edifício inabalável desafiando séculos. Propaganda somente: havia nele caruncho e ferrugem, água a infiltrar-se nos alicerces.

Vivíamos, de fato, nos cubículos pequenos ou no grande alojamento, cercados de gente duvidosa, e as suspeitas nos induziam a cometer injustiças. Um desconhecido cheio de reservas soprava-nos a advertência gasta:

– Cuidado com Fulano: é espião da polícia.

Embora quiséssemos afastar a denúncia infundada, ela permanecia, ocasionando esta pergunta desagradável:

– Qual dos dois será o espião? Ambos. Ou nenhum.

Se não fossem aqueles, seriam outros. O capitão de nariz comprido semeara desavenças no Pavilhão dos Primários e sumira-se. O busto de Miranda surgia-me na lembrança, exposto com vaidade e pimponice, a exibir insignificantes escalavraduras. Pensei na tatuagem obscena vista na coxa de Gaúcho: "É o meu cartão de visita. Quando me veem nu, sabem que sou lunfa e deixam-me em paz." No peito de Miranda havia também uma espécie de cartão de visita. Percebiam marcas de sevícias nas escoriações chinfrins e tomavam-no como revolucionário. Obtida essa vantagem fácil, a criatura leviana expandia-se, resvalava na mentira, dizia tolices, inconveniências, diante dos guardas, e nos interrogatórios falava em demasia, largando informações a respeito de pessoas não mencionadas no inquérito. Seria apenas desatino? A carência de provas nos impedia escorregar em juízos temerários quando nos referíamos a semelhantes indivíduos. Ficávamos nas reticências, e isto nos aborrecia como nuvem de insetos importunos.

Alguns desses tipos ambíguos tinham grande influência lá dentro. Por quê? De passagem, alguém nos cochichava uma desgraçada explicação. "Já fizeram muitas denúncias e é bom tratá-los bem: podem denunciar o resto."

Repelíamos a frase venenosa; sem querer, íamos desenterrá-la mais tarde, associá-la a um gesto, um sorriso, uma pergunta largada com modos inofensivos. Não conseguíamos identificar os traidores. Sabíamos, porém, que eles estavam conosco, aperuando o jogo de xadrez, ouvindo as conversas, inimigos ferozes do burguês, intransigentes, radicais, sempre dispostos a oferecer-nos avisos cautelosos: "Abra o olho com Fulano: é um espião." O conselho se desprestigiara enfim, mas continuava a circular, papagueado por fanáticos de cérebro escasso, ingênuos demais. Os autores dessas desavenças metiam-se nas encolhas, sem dúvida.

Impossível distingui-los. Em compensação havia na polícia agentes infiéis, e ela não tinha meio de conhecê-los. Desempenhavam-se, mecânicos, pontuais, dóceis ao regulamento. Quando menos esperávamos, em hora de aperto, sugeriam-nos conduta irregular. Ou, se estávamos em maré de conversa, recebiam sem reserva os nossos propósitos subversivos. Naquele dia, arriscara-me a algumas infrações apoiando-me na conivência imprevista dos soldados. O trem rolava no meio de laranjais; por instantes as árvores enfezadas me prendiam a atenção. Por que seriam tão miúdas? Consequência do enxerto, imaginei. Surgiam pela primeira vez; na outra viagem, apesar de numerosas, tinham-se conservado inteiramente invisíveis. "Trabalho de cupim." Estas palavras andavam-me no pensamento, desviavam as laranjeiras, que fugiam numa corrida louca. Trabalho de cupim, com certeza. Na miséria do galpão enorme, tencionavam matar-nos, diziam isto com sinceridade crua. Mas os instrumentos necessários à infeliz tarefa bandeavam-se, queriam deixar-nos viver. Um cochicho os revelava. Bem. Impossível transformar em assassinos pessoas normais, que não tinham razão para odiar-nos. Decerto havia criaturas insensíveis e regimentais, surdas a súplicas, gemidos, estertores. Os dois sujeitos próximos, armados e silenciosos, tinham focinhos duros, agressivos; uma vista de olhos indicava não serem capazes de prestar-me nenhum favor. Isso não me admirava. Espantoso era achar naquela gente escolhida para torturar-nos homens dispostos, em noite de temporal, a descer de um cavalo, oferecer-nos a sela cômoda, viajar num rego lamacento. Em carro igual àquele, outro soldado benévolo me dera notícias da Colônia e informara-se a respeito da minha situação Era-me impossível entendê-lo, o moço renovara uma pergunta: "Preso político?" E acrescentara: "Porque ladrão não é." Pasmava-me aquela certeza em quem me via pela primeira vez, rapidamente, à luz escassa da madrugada. No escuro da noite chuvosa, o cavaleiro não me distinguiria de Raimundo Campobelo, que também se arrastava por aqueles ermos, a ofegar e a tossir. Nenhum meio de saber se eu era ladrão. O comportamento generoso alcançava todos nós. Esses pensamentos encurtavam a viagem.

Chegamos à estação final. Desenrosquei-me vagaroso; aos últimos sacolejos do trem, ergui-me, deixei o vagão, pisei na plataforma, lá fui coxeando entre os dois fuzis. As dores eram fortes, até ali não me supusera tão combalido; mexia-me zonzo, sem ver as coisas, as pessoas, o lugar. Os companheiros se distanciavam. Achei-me na rua, levaram-me a uma calçada, parei: difícil subir ao meio-fio. Um dos soldados mostrava impaciência:

— Caminhe.

— Um instante.

Procurei forças, dei um passo custoso, sacudi-me com esforço desesperado, atravessei um portão de ferro. Atarantado e bambo, a arfar e a suar, reconheci as cotias do Campo de Santana. Escapou-me a vegetação, mas as grades e os bichinhos saltitantes revelaram-me a praça enorme. Lembrei-me de haver entrado ali vinte anos antes, em companhia de uma sirigaita.

– Mas por que é que o senhor não anda? – tornou o soldado impaciente.

Diligenciei contentá-lo, avançar um pouco a marcha capenga:

– É inútil. Não vê que não posso andar mais depressa?

Afastei a exigência refugiando-me no passado. Vinte anos. Corrigi: vinte e um, vinte e um e meses.

Havia umas furnas. A mocinha me conduzira a elas e estivera algum tempo a cantar. Desassossegavam-me o dinheiro minguado, o trabalho de foca na revisão de um jornal, e o canto não me impressionara. Onde estariam as furnas? Não as enxerguei, talvez as tivessem desmanchado. Pensei no romance entregue meses antes ao editor. A menina sapeca figurava nesse livro como neta de uma dona de pensão. Deixamos a praça, descemos à rua. O condutor se aperreava, queria lançar-me para a frente, fazia o gesto de ferir com aguilhão uma rês cansada.

– Ainda estamos longe? – informei-me.

Não me deram resposta, e avancei no desânimo, parando a cada instante. Os companheiros tinham-se sumido. Aonde me levariam? Nenhum esclarecimento, e não me ocorreu orientar-me olhando as placas nas esquinas. Afinal estacamos. Retesei a desgraçada carne, galguei três pequenos degraus.

capítulo 34

OS OUTROS refugos da Colônia estavam reunidos e submetiam-se a qualquer vaga exigência burocrática. Cheguei-me a eles e, perturbado ainda, não reparei no lugar onde nos achávamos. Ignoro se me fizeram perguntas. As minhas primeiras recordações posteriores à chegada referem-se a um longo corredor sombrio. Meteram-nos nele, abriram no fim uma grade, mergulhamos numa peça de muros invisíveis, tamanho incerto. Ouvi ranger a chave na fechadura e arrisquei alguns passos, meio cego. Devia ser quase noite, embora na rua a confusão e as dores não me houvessem permitido calcular as horas. Derreei-me a um canto, estendi com alívio a perna doída, encostei-me à parede. Abafava e sentia calor.

– Onde estamos?

– Na Polícia Central – responderam-me.

A sombra se atenuava, era-me possível distinguir as figuras abatidas sobre capotes e redes. Tentei descobrir a pessoa que me dera a informação, reconheci perto o vagabundo

José, o mulato de cara viciosa. Mostrava simpatizar comigo, avizinhava-se, e a resposta lhe servia para reatar a conversa interrompida na lancha. Era vadio e ladrão; no começo da vida a repulsa da mãe e as sovas do padrasto haviam-lhe fechado os caminhos direitos. Fugia de casa, voltava morto de fome, aguentava surras, tornava a fugir. Nem escola nem trabalho. Com o intuito de prolongar as ausências, obtivera ganhos miúdos pondo em prática as habilidades fáceis de pivete e descuidista. Não sei como José iniciou a história, e causa-me espanto haver-me escolhido para confidente. As palavras ditas no porão da lancha tinham-se esvaído por inteiro; reproduziam-se agora, e esforçava-me por entendê-las, exigindo repetições.

— Bem. Continue.

Éramos cerca de vinte pessoas, algumas ruidosas e alegres, funcionando bem, as ideias ligadas a parentes razoáveis. O idiota do Nunes esganiçava-se:

— Será que eles sabem a minha chegada? Hem? Será que sabem?

Buscava em roda interesse para o caso importante:

— Se souberem, vão trazer-me hoje dinheiro e comida. Não se esquecem, os senhores hão de ver.

Fechavam-lhe ouvidos, o imbecil continuava a monologar:

— Trazem, com certeza.

Por que José, malandro também, não se entendia com ele? Os paranaenses, graves, metódicos, arrumavam-se para descansar da melhor maneira, examinavam lentos a sala acanhada, permutando cochichos. Lembrei-me de um caboclo da minha terra, impelido ao Sul finda a ilusão da borracha. De regresso, com chapéu de abas largas, roupa de casimira e relógio, esse tipo me dissera:

— Vossa mercê não imagina. Em São Paulo há um bando de línguas. Língua Bahia, língua Mato Grosso, língua Paraná. São diferentes da nossa, mas o senhor entende. O que ninguém entende é a língua Japão: essa é uma língua filha da puta.

Na verdade, a do Paraná, como afirmava o tabaréu, compreendia-se bem; contudo o diabo do pronome, arrastado pelo velho Eusébio, chocava-me. A narrativa de José não apresentava essas cachoeiras: fluía simples e horizontal.

Veio luz, os homens avultaram, a cela se reduziu e nos apertou, no chão molhado. A frente, à esquerda, a latrina suja e exposta. O vagabundo falava manso e baixo, como num confessionário, e a precisão de responsabilizar a família, justificar-se a um desconhecido, trazia-me ao espírito uma dúvida. Haveria alguma semelhança entre nós? Na verdade, a minha infância não devia ter sido muito melhor que a dele. Meu pai fora um violento padrasto, minha mãe parecia odiar-me, e a lembrança deles me instigava a fazer um livro a respeito da bárbara educação nordestina. Conservaríamos no exterior sinais de penas excessivas ou injustas, asperezas, dores inúteis, indícios reveláveis a uma criatura que se houvesse visto em situação igual? Essa ideia esquisita, nociva à minha gente, induzia-me a desculpar o miserável. Não era isso. Faltava-me o direito de absolver alguém. Restringia-me à comparação. Débil, submisso à regra, à censura e ao castigo, acomodara-me a profissões consideradas honestas. Sem essas fracas virtudes, livre de alfabeto, nascido noutra classe, talvez me houvesse rebelado como José. Não me conformava com tal espécie de rebeldia. Contudo, apesar de nos dedicarmos a ofícios inconciliáveis, a autoridade não nos diferençava.

– Está bem. Continue.

O homem rude flagelava o garoto e criava pássaros. Um dia, certa de conseguir realizar furtos de pouca monta, a vítima lhe suprimira esses dois passatempos: abrira todas as gaiolas e ausentara-se de vez. Ao cabo de vários anos, narrando a proeza, o mulato sorria enlevado. O verdugo achara com certeza outros canários, mas já não tinha uma criança para açoitar.

Mulheres se esganiçavam no cárcere vizinho. Uma se enfurecia; depois, alegre, divagava em parolagem confusa, largava fragmentos de obscenidades; com certeza estava bêbeda. Vozes masculinas, no corredor, tentavam sossegá-la com pilhérias amáveis. Suponho que nos trouxeram comida; não conservo disto nenhuma lembrança. A conversa de José me entretinha, embora com frequência me desviasse dela. Escaparam as minúcias de uma viagem difícil de São Paulo ao Rio, a pé: fadigas, largos rodeios nas cercanias dos lugares povoados, o roubo de um porco.

Alguém me chamou de fora. Levantei-me; além dos varões de ferro um guarda me repetiu o nome, espalhando os olhos indecisos pelo sórdido magote:

– Fulano, toma.

Abriu a porta, arrastou para o meio da cela um estrado baixo, saiu trancando-nos de novo.

– Obrigado – murmurei com assombro, cheio de vergonha.

Era a segunda vez que me tuteavam. Na Colônia, o anspeçada Aguiar me ordenara ríspido: "Cruza os braços, chefe." Mordendo os beiços, com surpresa e raiva impotente, resignara-me a obedecer: cruzara os braços diante da torpe insignificância. Agora se renovava o tratamento injurioso. Apenas, em vez de repreender-me, queriam prestar-me obséquio; no vexame e no desespero, via-me coagido a agradecer.

Voltei a sentar-me, com a impressão de ter levado um murro forte na cabeça. Por que diabo, entre quinze pessoas, fora o sujeito escolher-me para a indigna benevolência? A horrível distinção magoava-me em excesso, era talvez mais dolorosa que a familiaridade revoltante. Nada me faria aceitar o miserável presente; o móvel ficaria ali no abandono, a pejar a saleta. Olhei-o, rancoroso. Um traste ignóbil, sujo; tinha um palmo de altura, pouco mais ou menos. Procurei sinais de malícia nos rostos; alguém me considerava possivelmente um bicho quieto em demasia, submisso à ordem, pronto a receber favores daquela espécie. Examinava-me por dentro, ansioso, via próximo a figura arriada e mofina do velho Eusébio, estabelecia uma infeliz comparação e achava-me vítima de grande injustiça. Era razoável terem premiado as tendências pacíficas do velho Eusébio, amigo da religião e da propriedade. Escolhiam-me, e isto me deixava perplexo. Inútil buscar motivos.

Um grunhido rouco aliviou-me a apoquentação: Raimundo Campobelo resmungava a pequena distância. Parecia zangado e pregava em mim os bugalhos sangrentos. Esforcei-me por distinguir-lhe as palavras, mas o negro para bem dizer não tinha voz articulada. Grunhiu alguns minutos, em seguida entrou a bodejar um protesto sem se dirigir a ninguém. A firmeza dos olhos maus revelou-me que ele estava furioso comigo. Tentei decifrar a linguagem dura e revolta, consegui adivinhar pedaços dela:

— Peste! A gente aqui vomitando os pulmões! Peste!

Outros sons perdiam-se no embrulho espumoso. Contudo, as poucas sílabas inteligíveis foram bastantes para esclarecer a zanga despropositada:

— A gente aqui vomitando os pulmões! Peste! E dão cama a uma peste que não está doente.

Esperei vê-lo acalmar-se. Enfim o miserável troço ia ser útil e já não havia razão para acabrunhar-me. Surgia uma escapatória, respirei tranquilo. Não achando resistência, a cólera do vagabundo subiu. Espantava-me ver alguém excitar-se daquele modo. Um longo braço estirou-se para mim, da algaravia atrapalhada veio a ameaça clara:

— Peste!

Fingi desconhecer a ofensa; provavelmente o infeliz bruto ia sossegar. Deu-se o contrário. Mexeu-se rastejando, chegou-se a mim, disposto a briga:

– Peste!

Ergui-me impaciente:

– Meu amigo, vamos deixar de valentia. Você hoje é incapaz de fazer medo a uma criança. Está arrasado, não aguenta um empurrão. Para que barulho? Pensa que vou dormir nessa porcaria? Tome conta dela. Há mais dois companheiros com os pulmões estragados Arrumem-se vocês três, que necessitam.

Van der Linden e Mário Paiva ensaiaram recusa, depois abriram as redes, tiraram lençóis, foram acomodar-se nas tábuas. Raimundo Campobelo deitou-se à beira, de costas viradas para os vizinhos. A arfar e a tossir, não mudou de posição. Nenhum gesto ao receber-me a proposta. Calara-se, a tromba feroz de repente murcha: de fato seria loucura, no estado lastimoso, arrojar-se à luta. Mas não dava mostra de haver recebido qualquer coisa. Era como se estivesse inteiramente só. Nem os dois malandros, Nunes e José, lhe mereciam atenção, Herculano, o estudante pálido, estirou no chão o capote largo e ofereceu-me lugar. Sempre me faziam esses convites nas horas difíceis. Estendi-me no colchão improvisado, junto ao muro. Por cima da cabeça de Herculano, eram visíveis alguns vultos caídos também na terra úmida, e, vinte centímetros acima deles, Van der Linden, Mário Paiva, os ombros curvos de Raimundo Campobelo.

capítulo 35

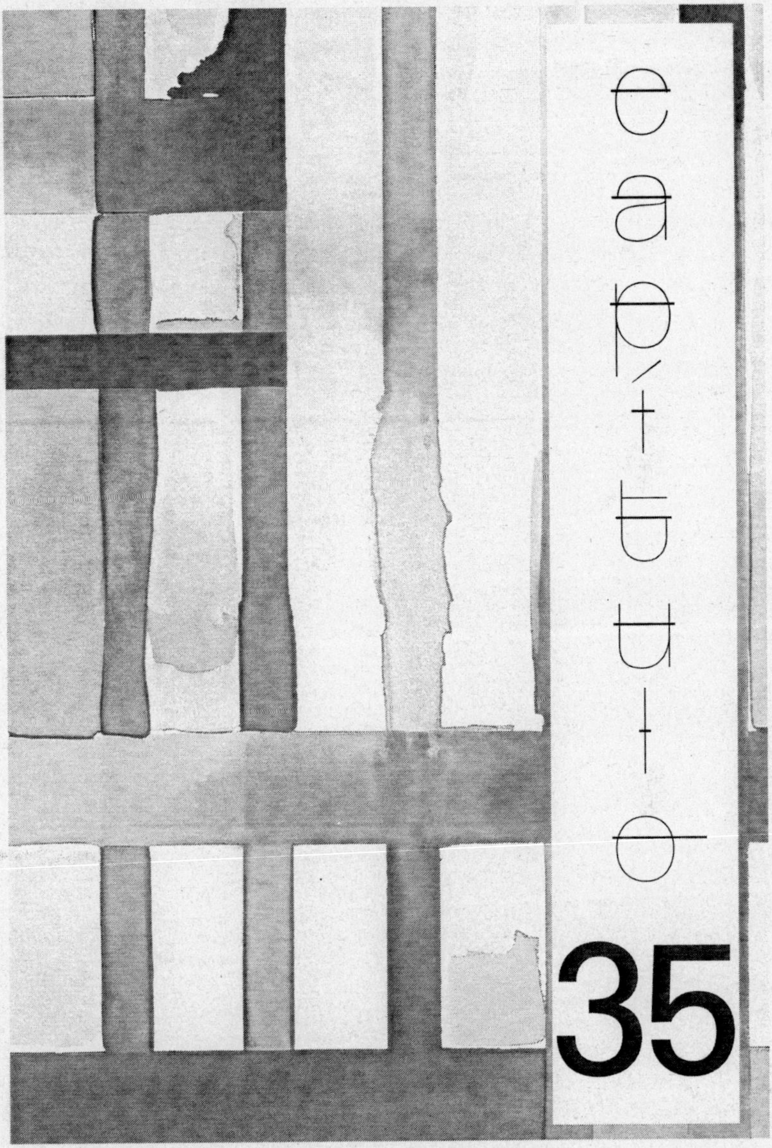

NO DIA seguinte, depois do café, vieram buscar-nos e ainda uma vez nos catalogaram. Novas fotografias, novas impressões digitais em fichas. Estupidez. Imaginariam que as nossas caras eram outras, que os nossos dedos se transformariam, deixariam no papel marcas diferentes das primeiras? Voltamos à cela. E aí Nunes entrou a cochichar aos guardas, fingindo importância, esganiçando-se em risinhos. Chegando-me à grade para encomendar um maço de cigarros, vi-o mexer em dinheiro: com certeza pedia qualquer coisa. A hora do almoço, trouxeram-lhe comida superior à que nos deram em marmitas de folha. O idiota agarrou o prato, começou a exibi-lo a toda a gente com excessiva alegria, a voz estridente oferecendo explicações:

– Eu não disse? Eles souberam que eu tinha vindo.

Afastei-me do tipo desagradável: a parolagem aguda e o alimento causavam-me desgosto e enjoo. Mas Nunes queria forçar-me a admirar um pedaço de carne e rodelas de batata:

– Como foi que eles souberam tão depressa? Naturalmente os amigos deram aviso. Temos amigos na polícia. Está vendo? Boia fina, de hotel. Só estou pensando no advogado. Será que ele chega hoje?

Nem me ocupava em simular atenção: virava o rosto, ia sentar-me longe do tagarela estúpido; sem se ofender, ele me seguia, o prato na mão. Fui encostar-me aos varões de ferro, voltado para o exterior. O cheiro de gordura e o tinir das colheres repugnavam-me.

Terminou a refeição. No começo da tarde, procurávamos embalar-nos em conjeturas quando a porta se abriu e nos anunciaram transferência. Ficavam no cárcere os três vagabundos. Num instante arrumaram-se os troços. Olhei pela derradeira vez a figura sinistra de Raimundo Campobelo, despedi-me de José, saí com os outros.

Deixamos o corredor sombrio, volvemos à direita, pisamos a rua, subimos a um carro, fomos trancados e rodamos. Veículo semelhante ao que nos levara à estação, na mudança para a Colônia Correcional: as paredes estavam cheias de furos pequenos; corriam por eles réstias escassas, e nessa luz intermitente olhávamos pelo crivo e era impossível orientar-nos. Sacolejos, corpos invisíveis caindo-nos em cima das pernas. O dia lá fora iluminava e informava os passageiros dos ônibus, dos bondes; ali dentro uma noite rápida nos envolvera.

Chegamos, a prisão móvel se destapou, descemos e achamo-nos em frente às grades altas da Casa de Detenção. Alegrou-me a esperança de voltar ao Pavilhão dos Primários, rever pessoas amáveis, distrair-me jogando xadrez, escutar as conferências de Rodolfo Ghioldi. Entramos. Novamente percorri as aleias de árvores chinfrins, ainda silenciosas; dentro em pouco todos os ramos se animariam na algazarra dos pardais. Ao virar uma esquina, avistei a cara ríspida e os cabelos grisalhos do chefe dos guardas. Reprimi o desejo de cumprimentá-lo, inquirir sobre o nosso regresso aos cubículos familiares. Seguimos noutra direção, fomos conduzidos a uma sala vasta, como a que tínhamos ocupado uma semana, antes de nos enviarem à Colônia. Os muros estavam pintados de fresco, e as tintas me produziram náusea e dor de cabeça. Ao chegarmos, alguns sujeitos abandonaram as esteiras e fizeram-nos a recepção convencional, ruidosa, cheia de lugares-comuns e patriotismo. Embora repetida em excesso, a cordialidade vazia me impressionava. Um moço pálido e franzino, gingando, trauteou uma canção insípida e maluca.

Passo a passo, camarada
Fracasso não é derrota.

Aludia ao malogro da insurreição, evidente; não queria admiti-lo e afirmava um disparate: *fracasso não é derrota*. Ainda as cantigas sem pé nem cabeça, enervantes; iam reproduzir-se as mesmas tolices ouvidas meses atrás. Herculano empoleirou-se no vão de uma janela, berrou com desespero, tentando comunicação. Gritos responderam, longe. E o *Hino do Brasileiro Pobre* nos chegou, desmaiado e incompleto:

Do norte, das florestas amazônicas,
Ao sul, onde a coxilha a vista encanta.

Bem. Os nossos amigos do Pavilhão. Era como se, no rumor confuso, me chegassem distintas as vozes deles. Benjamin Snaider largava o tabuleiro de xadrez, saía à plataforma, enviava-nos enérgico as boas-vindas, ritmadas, sonoras. A bocarra de Lacerdão se escancarava, o peito se alargava como um fole, imenso gorgolejo sobressaía no canto. Rodolfo Ghioldi não tinha parte na ruidosa manifestação: arredio e silencioso, preparava o esquema de uma palestra difícil. Valdemar Birinyi estudava a coleção de selos ou buscava entender-se com Sérgio num alemão desordenado.

Entre os indivíduos existentes no salão, um não se mexera ao entrarmos: permanecia à distância, a cara inerte, a vista fixa num livro. Examinei-o, curioso. Em meia hora não virou a folha. Quem era? Um lituano, informaram-me. Vivia assim, mudo, o volume nas garras, e ninguém sabia como se chamava. Um conspirador, imaginei, propenso a justificar-lhe a prudência: isolava-se por necessário orgulho, receio de comprometer-se no meio estranho e míngua de assunto: os homens ocupados em cantigas não o entenderiam. Muitos anos atrás, um vendedor ambulante, da Ucrânia, me explicara a revolução de 1905 e deixara-me a ideia esquisita de que todos os eslavos eram inteligentes. A literatura russa e as conversas de Sérgio fortaleciam a generalização. Cheguei-me à criatura impassível, ensaiei camaradagem, impertinente. Ergueu os olhos baços, rosnou alguns monossílabos indistintos e mergulhou de novo na leitura, arrepiado. Grosseiro, pensei com azedume espiando, familiar e indiscreto, a cartonagem miúda. Era um método inglês, resumo bem vagabundo. A cara do gringo se imobilizava sobre um vocabulário de cinco ou seis palavras. Arredei-me, fui sentar-me a uma esteira. O moço pálido continuava a bambolear-se, percorrendo a quadra de um muro a outro, e sorria incitando-nos a acompanhá-lo:

Passo a passo, camarada
Fracasso não é derrota.

Como não? O desconchavo repetido bulia-me os nervos. Claro que fracasso era derrota. Reprimi o desejo de afirmar isso ao rapaz, indagar se ele compusera o verso e exigir modificação.

Nordestinos e paranaenses, livres do abafamento no galpão infame, ressurgiam. Os bofes avariados de Van der Linden e Mário Paiva iriam cicatrizar. Anedotas obscenas espalharam-se, as mesmas ouvidas anteriormente, mas agora não provocavam hilaridade fria, convencional. Quem estaria a contá-las? Cabezon, provavelmente. Observei os arredores, agucei o ouvido:

– Numa sacristia, o padre novo...

Gargalhadas enormes no fim da história, a mesma já escutada. O remate era previsto – e ríamos apesar de tudo. Um Cabezon novo, isento do carrego de tijolos – homem. Homem a voltar à superfície. A fala engrolada de Zoppo tornou a embalar-me; os óculos do velho Eusébio já não revelavam a fraqueza angustiante; vagaroso, Petrosky andava procurando lugar; trepado na janela, aos gritos, Herculano era como um papagaio na gaiola. Abri a valise, inventariei panos sujos, não me decidi a usá-los: ficaria vestido na roupa de casimira, onde placas secas de lama se desfaziam, desbotavam. Animal sórdido. Tirei a gravata, afrouxei o colarinho; levantei as calças: os sapatos e as meias repugnavam-me. Sórdido. Agarrei um pijama, levantei-me, dirigi-me ao lavatório. Sórdido. Não pensara nisso, mas agora sentia perfeitamente, sabia perfeitamente que estava sórdido. Alguns metros à retaguarda, o rapaz débil gania, passo a passo:

Abaixo o intregalismo,
O vômito do fascismo...

Bem. Vômito do fascismo – ótimo. Ruim era o homem dizer *intregalismo*. Achei um pedaço de sabão, enchi a pia, esfreguei a roupa com força, procurando tirar dela o mofo e a cardina. Distraí-me nesse trabalho cerca de uma hora. Esfrega inútil; dedos se inteiriçavam na barrela e a imundície permanecia nas dobras do pano. Achava-me felizmente de costas para os outros e não assisti ao jantar.

O chilro dos pardais anunciava lá fora a noite. Vieram luzes. Deixei a tarefa, regressei às anedotas de Cabezon, ao ronrom do velho Eusébio, à conversa lenta de Zoppo.

Nova curiosidade levou-me para junto do lituano, observei o livro aberto. A criatura não volvera a página, continuava na mesma lição, emperrado no vocabulário exíguo. Os faxinas entraram, conduzindo uma grande caixa. Lá estava a lembrança dos nossos vizinhos dos Primários, as reservas guardadas semanas e semanas para os famintos da Colônia Correcional.

Experimentei a exigência forte de açúcar, como na antevéspera. Insuportável a comida regular, mas o açúcar dava-me gana esquisita: fome canina de açúcar. De mistura com laranjas murchas e abacates, havia uma lata de goiabada. Imaginei o Pavilhão. Durante meses, quando nos comunicavam a existência de uma leva exausta, corríamos à plataforma, jogávamos para baixo as nossas economias. Sérgio devorava uma parte dos abacates levados por Emile nas visitas das sextas-feiras; guardava o resto para os homens doentes, meio mortos. Solidariedade realmente suicida. Os frutos verdes expostos no caixão deviam ser oferta dele. O frasco de geleia fora enviado por Adolfo Barbosa, homem rico, neto de senador e quase dono de um cubículo cheio de troços luxuosos. Até mesa e cadeiras.

Abri a lata de goiabada, comi um pedaço vorazmente. Quem a teria mandado? Súbita bulimia, coisa semelhante ao que, anos atrás, depois de longa inapetência, me agredira no hospital, mas agora apenas o açúcar me apagava as brasas da boca. Necessário escrever, narrar a mesa de operação; a cama dura, horríveis delírios, um tubo de borracha furando-me as entranhas como punhal.

As cenas próximas já não me interessavam. Bobagem renovar as anedotas de Cabezon, as histórias de Zoppo, o andar vagaroso de Petrosky, a fraqueza do velho Eusébio. Se me decidisse a reproduzir essas coisas, mais tarde seria forçado a jogá-las na água, metê-las num buraco. E já me aborreciam, vistas em excesso. As dores no pé da barriga e a dormência da coxa traziam-me ao espírito enfermeiros e serventes, cheiro de petróleo, a figura evangélica de padre José Leite, rumor de ferros na autoclave, as mãos ágeis de Clemente Silveira, sonhos, visões. Necessário fixar isso, achava-me, na verdade, perto disso.

Tomei a escova de dentes, encaminhei-me ao lavatório. Finda a higiene rápida, fui estender o pijama nos varões da grade. Tirei os sapatos, caí na esteira, adormeci.

GLOSSÁRIO

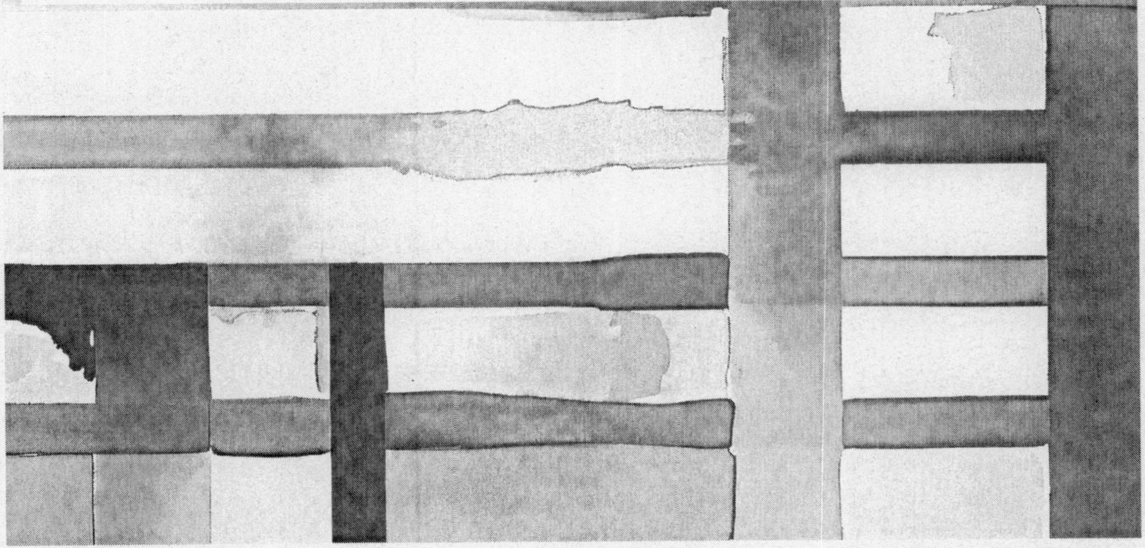

Abeto – designação dada a várias espécies de árvores do gênero *Abies,* da família das pináceas. No contexto da obra, faz referência ao meio arborizado, selvagem, da Ilha Grande.
Adelo – diz-se de quem vende roupas ou objetos usados.
Amanuense - funcionário de repartição pública que geralmente fazia cópias, registros e cuidava da correspondência.
Ambages – rodeios; circunlóquios.
Anódinos – medíocres; insignificantes.
Anspeçada – nas forças armadas, é um posto militar na classe dos praças.
Atenazar – torturar.
Azáfama – alvoroço, afã.
Aziago – o que traz má sorte; agouro; azar.
Bagana – ponta de cigarro.
Bazófia – excesso de vaidade; presunção; fanfarrice.
Cacete – enfadonho, fastidioso.
Caititu – porco-do-mato.
Caruncho – tipo de besouro que corrói objetos.
Celeuma – agitação, tumulto.
Combalido – enfraquecido, sem forças.
Conciliábulo – pequeno concílio; pequena assembleia.
Debalde – inutilmente.
Descuidista – ladrão.
Dispneia – sensação de falta de ar, oriunda de situações de estresse ou ansiedade, por exemplo.
Engrupir – ludibriar, enganar.
Escroque – quem se apossa de bens alheios de forma fraudulenta; furtador; trapaceiro.
Extravagar – disperso; fora de ordem; em desalinho.
Facécias – chacotas; pilhérias; gracejos.
Gazua – qualquer ferramenta utilizada para abrir fechaduras; chave-mestra.
Hemoptise – tosse com sangue.

Hirsuto – que tem aspecto desalinhado; malcuidado.
Ignomínia – desonra; caráter daquilo de degrada.
Inerme – indefeso; desarmado.
Logro – ato praticado de má-fé; ardil.
Lorpa – pessoa pouco inteligente, desprovido de vivacidade, de vigor; imbecil, idiota, palerma.
Lufa-lufa – mesmo que afã, pressa, agitação.
Lunfa – gíria utilizada para designar quem vive às margens da lei; bandido.
Macacoa – doença de baixa complexidade, como resfriado ou enxaqueca.
Magarefes – açougueiros.
Magote – grande quantidade; aglomeração.
Modorra – sonolência.
Mofina – azar; infortúnio; desgraça.
Mossa – marca, vestígio.
Muçurana – cobra-preta (*Clelia clelia*).
Muxicão – empurrão, safanão.
Pachorra – lentamente; pacientemente.
Perra – emperrada, enferrujada.
Peroração – conclusão de um discurso.
Picuá – saco ou sacola onde se guarda mantimentos.
Pipiri – planta utilizada para fabricação de esteiras.
Plumbagina – grafite.
Potassa – diz-se de quaisquer sais minerais que contenham potássio em sua composição.
Potoqueira – mentirosa.
Sevícia – tortura.
Sitiofobia – aversão a alimentos.
Soba – chefe; indivíduo que exerce domínio sobre outrem.
Sorna – preguiçosa (o); lerdeza.
Rebotalho – resto; inútil.

Rês - qualquer animal quadrúpede que sirva para alimentação humana, como suínos e bovinos.

Roufenhas - anasaladas; fanhas.

Tenesmo - semelhante à prisão de ventre, é a sensação de incapacidade ou dificuldade de defecar.

Tintureiro: carro de polícia; *camburão*.

Tonsura - referência ao penteado resultante da cerimônia religiosa de mesmo nome, em que o bispo corta o cabelo do ordinando deixando o centro da cabeça sem pelos.

Tosquiar - cortar.

Través - esguelha; soslaio; viés.